JAPAN-EDITION
Abe, Urlaub für die Ewigkeit

JAPAN·EDITION

Akira Abe

Urlaub für die Ewigkeit

Erzählung

Aus dem Japanischen von
Gudrun Gräwe und Hiroshi Yamane

edition q

Japanischer Originaltitel:
Shirei no kyuka
Copyright © 1992 by Tamae Abe, Japan

JAPAN-EDITION
Herausgegeben von
Jürgen Berndt † und Klaus R. Dichtl

Dieses Werk erscheint mit freundlicher
Unterstützung von:
THE JAPAN FOUNDATION, Tokyo;
Translation Assistance Program

Die Deutsche Bibliothek – CIP-Einheitsaufnahme
Abe, Akira:
Urlaub für die Ewigkeit : Erzählung / Akira Abe.
Aus dem Japan. von Gudrun Gräwe und Hiroshi Yamane. –
Berlin : Ed. q, 1994
(Japan-Edition)
Einheitssacht.: Shirei-no-kyuka <dt.>
ISBN 3-86124-186-2

Copyright © 1994 by edition q, Berlin

Dieses Werk ist urheberrechtlich geschützt. Jede Verwertung
außerhalb der engen Grenzen des Urheberrechtsgesetzes
ist ohne Zustimmung des Verlags unzulässig und strafbar.
Das gilt insbesondere für Vervielfältigungen, Übersetzungen,
Mikroverfilmung und die Einspeicherung und Verarbeitung
in elektronischen Systemen.

Lektorat: Klaus R. Dichtl
Umschlaggestaltung: Atelier Höpfner-Thoma, München
Gesamtherstellung: Ebner Ulm
Printed in Germany

ISBN 3-86124-186-2

JAPAN·EDITION

Akira Abe
Urlaub für die Ewigkeit

Kapitel 1

Es war ein Sommer wie jeder andere, nur daß es mit meinem Vater zu Ende ging. Dennoch kam ich auch weiterhin erst spät nach Hause, ja, außer zur Schlafenszeit war ich fast nie daheim. Es lag nicht an mir, daß meine Arbeit so lange dauerte. Dazu kam allerdings meine schlechte Angewohnheit, nach Feierabend noch bis spät in die Nacht von Lokal zu Lokal zu ziehen. Ich zumindest hatte mir aber ernsthaft vorgenommen, mich genauso zu geben wie bisher.

Trotzdem stand ich immer einige Sekunden lang fassungslos am Tor, wenn ich mitten in der Nacht vor dem Haus aus dem Taxi gestiegen war und hörte, wie es sich dröhnend entfernte, ohne Rücksicht auf die nächtliche Ruhe zu nehmen. Bei dem Gedanken, der entsetzliche Lärm könnte meinen Vater aus dem Schlaf reißen, zog ich den Kopf ein. Dieses allnächtliche späte Nachhausekommen war in der Tat ein unentschuldbares Benehmen meinen Eltern gegenüber. Auf Zehenspitzen schlich ich die Steinstufen hinauf und klingelte am Eingang. Meine Frau schlüpfte aus dem Bett, in dem sie zusammen mit den beiden Kindern schlief, machte zunächst die große Lampe im Zimmer an, dann das Licht am Eingang und kam schließlich leise zur Tür. Indessen lauschte ich zum Nebenhaus hinüber, in dem mein Vater wohnte. Sie spähte durch die Glasscheibe in der Tür nach draußen und rief kurz meinen Namen, um sich zu vergewissern. Diese mürrische Stimme, die neuerdings irgendwie nach Unglück klang, deprimierte mich. Das lag sicherlich daran, daß wir nun mit ständig angehaltenem Atem, auf jedes Geräusch in der Umgebung horchend, lebten.

Wenn ich vor der Tür stand, befand sich direkt hinter mir das Schlafzimmer des Elternhauses. Mein Vater lag also gleich dort drüben, nur durch einen Fensterladen von hier getrennt. Und bei meiner Rückkehr lag er mit geöffneten Augen hellwach da und lauschte im Dunkeln auf die Schritte seines Sohnes, wie ich zu hören bekommen hatte. Außerdem machte sich dieser alte Mann, der bald sterben würde, angeblich unnötige Gedanken über die Zukunft seines Sohnes. Er sprach nicht mit mir selbst darüber, sondern nahm seine Schwiegertochter beiseite und fragte sie etwa: „Kann sich denn Teisuke in der Firma nicht etwas geschickter anstellen?" Er schien mit wundersamer Intuition durchschaut zu haben, daß sein Sohn kein Interesse an seiner Arbeit hatte, daß er sogar, statt Karriere zu machen, auf immer unwichtigere Posten versetzt wurde und aus Trotz sehr nachlässig arbeitete.

Dieses sichere Gefühl hatte meinen Vater nicht getäuscht. Es belustigte mich aber unweigerlich, denn war er es nicht gewesen, der „sich nicht etwas geschickter hatte anstellen können" und es deshalb nie weiter als bis zum Kapitän zur See gebracht hatte? Andererseits hatte auch ich als Sohn nun endlich begonnen, über das verwirkte Leben meines Vaters nachzudenken. Und wie gut er mich auch durchschaut haben mochte, daß er selbst bald an Krebs sterben würde, das zumindest wußte er nicht. Unsere Besorgtheit umeinander amüsierte mich. Denn es war das erste Mal, daß sie sich auf solche Weise überkreuzte.

Für uns Familienmitglieder stand das Ende eines unglücklichen Marinesoldaten bevor, der es nie zu Ruhm und Reichtum bringen konnte. Dagegen bedeutete es aus der Sicht seiner Untergebenen den ehrenwerten Tod eines erfolglosen, alten Offiziers, der auf der Stufe eines Kapitäns zur See stehengeblieben war. Da er sich sehr vor Krebs fürchtete, war ich, sein Sohn, immer darum bemüht, ihm um jeden Preis bis zum Ende die Wahrheit vorzuenthalten, damit er in Frieden sterben konnte. Als ich erfuhr, daß diese Krankheit von ihm Besitz ergriffen hatte und das Monster schon so weit gewachsen war, daß nichts mehr dagegen zu machen sei, fragte ich mich sofort, wie er wohl sterben würde. Mochte er als Berufssoldat auch mit dem Tod vertraut sein, so war noch lange nicht gesagt, daß er ihm außerhalb des Schlachtfeldes ruhig entgegensehen konnte. Ich befürchtete, daß er zwischen leidenschaftlicher Hoffnung und Angst aufgerieben und, jämmerlich entkräftet, schließlich in tiefer Verzweiflung sterben würde. Aber welches Sterben bietet sich den Menschen überhaupt außer diesem einen? Was für einen Tod wünschte ich meinem Vater denn?

In letzter Zeit neigte ich immer mehr dazu, meinem Vater alles zu verzeihen. Dabei hatte ich auch das Gefühl, daß diese nachsichtige Haltung eines Sohnes seinem Vater gegenüber dessen Ende bedeuten mußte.

Es war mir unerträglich, über ihn nachzudenken, aber das war nicht der einzige Grund für meine allabendlichen Kneipenbesuche. Beim Trinken will man ja nicht nur die Dinge dieser Welt vergessen. So war es auch bei meinem Vater gewesen, dessen Leben am Alkohol gescheitert war. Ich glaubte bloß, es würde sowieso nichts nützen, wenn ich jetzt vor seinem unausweichlichen Tod meine Alltagsgewohnheiten änderte. In der Tat konnte man nun gegen das wirkliche Problem – die Krankheit – nichts mehr unternehmen, und unter diesem Vorwand überließ ich letztendlich alles dem Lauf der Zeit.

Auf meinem nächtlichen Nachhauseweg von Tokyo nach Kugenuma fragte ich mich immer wieder dasselbe: Ist es möglich, daß jemand so unbeschwert dahinlebt wie ich, wenn er nur noch ein paar Monate, vielleicht nur noch wenige Tage gemeinsam mit dem Vater verbringen kann? Ein pflichtbewußter Sohn würde sich dergleichen nie zuschulden kommen lassen. Auch wenn es schon zu spät wäre, so würde er doch wenigstens jeden Tag früh nach Hause kommen, um bei seinem Vater zu sein. Was mir fehlte, war sicher nicht blutsverwandtschaftliche Zuneigung, sondern einfach eine bestimmte Art von Mut. Als ob ich glaubte, es könne ein Wunder geschehen, wenn ich es hinauszögerte, der Wahrheit ins Gesicht zu sehen.

Auf jeden Fall wußte mein Vater nichts von seiner Krankheit. Zumindest sah es so aus. Möglicherweise ließ er uns in dem Glauben und spielte den Betrogenen, wenn wir schon so leichtsinnig waren und meinten, ihn hinters Licht führen zu können. So gab es in unserem Leben zunächst fast keine auffällige Veränderung, wie das in Familien üblich ist, die für einen Kranken mit einem langsamen, schleichenden Leiden zu sorgen haben.

„Was für ein Unglück!" klagte meine Mutter, wenn sie mich oder meine Frau zu Gesicht bekam. Damit meinte sie nicht so sehr die Krankheit ihres Mannes, sondern vielmehr die Tatsache, daß die Beerdigung höchstwahrscheinlich zur heißesten Zeit im Sommer stattfinden mußte.

„Ausgerechnet, wenn es heiß ist, muß er sterben!" Sie schien nichts anderes mehr im Kopf zu haben als die Beerdigung. Was sollte sie tragen? Welchen Gürtel, welche Schuhe? Das war noch verständlich. Aber dann entsetzte sie uns wirklich, weil sie bei der Gelegenheit gleich die Fensterläden, die Tatami-Bodenmatten und sogar die Schiebetüren erneuern lassen wollte. Ich sah ja ein, daß sie ihren Mann nicht in einem so schäbigen, verfallenen Haus sterben sehen wollte. Schließlich ging es auch um ihr Ansehen bei den anderen Witwen der ehemaligen Offiziere seines Ranges. Seit Jahren schon war sie von einer zwanghaften Eitelkeit besessen. Wenn sie ihren Mann überleben sollte, wollte sie als Marineoffizierswitwe für ihn ein anständiges Begräbnis abhalten, dessen man sich nicht zu schämen brauchte. Meinem Vater hätte das im Prinzip sicher nicht unbedingt mißfallen. Denn als er noch gesund war, pflegte er oft im Spaß zu sagen: „Es geht doch nicht, daß mein Sarg einmal aus einem solchen Haus herausgetragen wird!" Seine Frau verfiel dabei jedesmal in Schwermut, und er machte sich über sie lustig. Während er sich jetzt aber schon von allem Diesseitigen losgelöst hatte, konnte sie immer noch nicht das Haus am Meer vergessen, in dem wir früher gewohnt hatten, bis wir es verkaufen mußten. Sie hatte sehr an diesem Haus mit Garten gehangen, das endlich ihr Eigentum geworden war, als sie bereits ihrem Lebensabend entgegengingen. Nach dem Krieg mußten sie aber schließlich auch das aufgeben, um an Geld zu kommen. Damit verlor sie die Hoffnung, jemals wieder in so einem Haus wohnen zu können.

Meine Frau und ich wohnten gleich neben dem heruntergekommenen Haus meines Vaters. Obwohl wir ganz billig gebaut hatten, nahm sich die Behausung meiner Eltern neben diesem weiß verputzten Neubau noch schmutziger und armseliger aus. Außerdem war sie jetzt von Süden her so verbaut, daß kaum noch Sonnenlicht darauf fiel. Wir hatten deswegen auch ein etwas schlechtes Gewissen, obwohl es kein anderer als mein Vater gewesen war, der uns empfohlen hatte, unser Mietshaus in der Nähe aufzugeben und neben ihnen zu bauen. Und um so mehr bedrückte es mich, daß er in einem düsteren Zimmer sterben mußte, dessen Fenster wir zugebaut hatten. Würden wir aber jetzt das Haus, in dem er bisher ärmlich und trübsinnig gelebt hatte, neu herrichten lassen, müßte er doch Verdacht schöpfen, daß etwas geschehen war. Da könnten wir ihm wahrscheinlich genauso gut ins Gesicht sagen: „Vater, du wirst bald sterben!"

Wenn ich sah, wie meine Mutter schon Monate im voraus wie besessen die Beerdigung plante, so tat es weh, mir die Gefühle meines Vaters vorzustellen, der noch keine Ahnung hatte. Unwillkürlich kam mir der Gedanke, ob mein Vater wohl glücklich gewesen war, mit einer solchen Frau verheiratet zu sein, ja, auch ob meine Mutter wohl glücklich gewesen war, einen solchen Mann getroffen zu haben. Auf jeden Fall hatte sich Mutter erstaunlich schnell mit der Krebskrankheit ihres Mannes abgefunden.

Natürlich verschwiegen wir diese Sache seinen beiden fünf und drei Jahre alten Enkeln. Aber was würde geschehen, wenn die Kinder unsere Gespräche belauschten und „es", ohne den Sinn zu verstehen, bei ihrem Großvater ausplauderten? Oder wenn der alte Mann, der sich insgeheim vor dem Phantom Krebs fürchtete, von Unruhe geplagt, seine Enkel so lange auszufragen versuchte, bis „es" herauskäme? Aber es war einfach unmöglich, kleinen Kindern den Mund zu verbieten. Seitdem wir wußten, um welche Krankheit es sich handelte, tauschten wir uns darüber nur noch schriftlich aus, indem wir Wort für Wort auf Zettel schrieben. denn wir befürchteten, daß sonst die flinken Kinderohren in den beengten Wohnverhältnissen etwas aufschnappen würden. Wir schienen allein wegen des einen Wortes „Krebs" so befangen zu sein, daß wir uns nicht mehr ungezwungen mit normaler Stimme unterhalten konnten.

Während wir uns Redeverbot auferlegt hatten und uns in der Familie alle gegenseitig belauerten, weilte mein Vater natürlich noch unter den Lebenden. Solange er einigermaßen bei Kräften war, zog er immer noch seinen Kimono an und nahm mittags im Wohnzimmer seinen Platz als Familienoberhaupt ein. Er war rasiert und hatte seine lichten Haare geglättet. So saß er da mit einem eigensinnigen Gesichtsausdruck, der nicht die Spur einer Krankheit verriet. Aber er hatte schon die Willenskraft verloren, aus eigenem Antrieb Zeitung zu lesen oder fernzusehen.

Eines Tages, als er gerade die Zeitung aufgeschlagen und zu lesen angefangen hatte, platzte er plötzlich heraus: „Ach, es ist so drückend heiß!" und warf sie ärgerlich auf den Boden. An diesem Tag saß er von morgens bis abends an die Wand gelehnt da und versuchte, das unangenehme Gefühl im Magen zu unterdrücken. Mit seinem fahlen Gesicht schien er uns gesunde Menschen wie ein verbitterter Teufel aus dem Halbdunkel der Schattenwelt heraus anzustarren.

Es wäre viel erträglicher für ihn gewesen, sich nicht so sehr abzuquälen, sondern sich einfach hinzulegen. Aber wenn seine Frau oder wir ihn dazu aufforderten, blieb er stur und reagierte nicht. Das lag wohl einerseits daran, daß er in seinen mehr als siebzig Lebensjahren bisher niemals ernsthaft krank gewesen war. Und andererseits gebot es ihm sicher sein durch den Soldatenberuf gestählter Instinkt, keine Schwäche zu zeigen. Es schien auch so, als würde er befürchten, nicht mehr aufstehen zu können, wenn er sich einmal hingelegt hatte. Aber wie stolz er auch darauf war, immer robust gewesen zu sein, und wie sehr er es auch ablehnte, wie ein Kranker auszusehen, so zwang der Krebs diesen Körper doch langsam aber unaufhaltsam in die Knie. Schließlich war es so weit, daß sein Bettzeug immer ausgebreitet im Schlafzimmer liegen mußte, obwohl er das abgrundtief haßte. Und immer öfter zog er sich freiwillig zurück und ließ sich darauf sinken.

„Leg dich doch hin! Ob du nun auf bist oder nicht, du hast ja sowieso nichts zu tun." Wenn seine Frau so zu ihm sprach, legte er sich entmutigt wieder hin. Für meinen Vater müssen sich diese Worte wie ein Todesurteil angehört haben. Es dauerte also ziemlich lange, bis er sich endlich wie ein ganz normaler Kranker verhielt. Die Art und Weise, wie er sich gramvoll der Krankheit ergab, erinnerte an ein wildes Tier, das allmählich gezähmt wird und sich gegen seinen Willen daran gewöhnen muß, in Gefangenschaft zu leben. Jetzt saß meine Mutter immer allein bis spät in die Nacht vor dem Fernseher im Wohnzimmer und sah Melodramen und dergleichen. Es war, als wollte sie dadurch ihre lange Unzufriedenheit abreagieren, denn früher hatte ständig ihr Mann den Fernseher in Beschlag genommen, um Baseball zu sehen, und ihr war nichts anderes übriggeblieben, als vor Langeweile neben ihm einzunicken.

Da wir die körperlichen Kräfte meines Vaters nicht übermäßig beanspruchen wollten, ließen wir die Kinder immer seltener ins Nebenhaus hinübergehen. Bis vor kurzem hatten sie sich sehr gerne mit ihm unterhalten und waren von morgens bis abends bei ihm gewesen. Er wurde von ihnen mit vielen Fragen bestürmt: „Opa, warst du wirklich im Krieg?" – „Wurdest du nicht von einer Kugel getroffen?" – „Bist du zurückgekommen, weil ihr verloren habt?"

Erst jetzt wird mir bewußt, daß ihn diese Worte seiner Enkel manchmal im Innersten getroffen haben müssen. Waren das nicht Fragen, die einfach klangen, in Wirklichkeit aber sehr schwer wogen? Und waren das nicht auch dieselben Gedanken, die mich selbst, als seinen Sohn, seit Jahren beschäftigten? Nur hatte ich nie gewagt, ihn so direkt zu fragen wie die Kinder. Auf die Weise, wie er jetzt sterben würde, könnte er uns wahrscheinlich eine Antwort auf diese Fragen geben. Er würde seinem Sohn und seinen Enkeln zeigen, was es bedeutete, in diesem grausamen Vaterland, das ihn all seiner Ränge und Orden beraubt hatte, als ein geschlagen zurückgekehrter Berufssoldat sterben zu müssen.

Anfang April hatten wir erfahren, daß es Krebs war. Jeder Arzt, der die Röntgenaufnahmen begutachtet hatte, sagte auf der Stelle dasselbe. Eine Operation sei zwecklos. Er würde noch drei Monate leben, längstenfalls vier. Aber damals waren wir noch unbekümmert. Drei Monate, das klang wie eine ewig lange Zeit. Trotzdem war ich zur Hälfte von Mißtrauen erfüllt und hatte das unbestimmte Gefühl, als würde in diesem Sommer wieder irgend etwas passieren. Ja, war es nicht schon seit meiner Kindheit so gewesen, daß die unglücklichen Vorkommnisse bei uns garantiert immer in diese Jahreszeit fielen?

Und jetzt staunte ich, wie schnell es Sommer geworden war. In diesem Jahr hatte die Regenzeit kaum Niederschlag gebracht. Von Mai bis Juni war das Wetter öfter mehrere Tage hintereinander ungewöhnlich schön gewesen. Ich stellte mir immer wieder vor, wie mein Vater mittags den dunstverhangenen blauen Himmel über dem Meer betrachtete, der keinen Regen brachte, oder abends dem Meeresrauschen unter dem klaren Sternenhimmel zuhörte. Wenn es geregnet hätte, wäre es ihm in seinem verfallenen Zimmer sich noch viel unerträglicher geworden. Diesen Sommer würden die Kinder und ich wahrscheinlich nicht an den Strand zum Baden gehen können. Solche Gedanken gingen mir plötzlich durch den Kopf. Wenn ich durch das Fenster nach draußen blickte, wo das Grün der Bäume fast erstickend wirkte, merkte ich, wie ich nach Zeichen suchte, daß dieser Sommer doch anders war als all die bisherigen. Der letzte Sommer, den mein Vater auf dieser Welt erleben würde. Er liebte diese Jahreszeit, und deshalb würde er auch gerade dann sterben. Ich ertappte mich dabei, wie ich mit solchen Überlegungen meine Umgebung betrachtete. Seltsamerweise schienen manchmal die schwierigen Probleme, die erst kommen würden, schon gelöst zu sein und alles vorbei. Mir war dann, als ob es eher ein Tagtraum wäre, daß mein Vater noch still in dem nur durch eine Mauer abgetrennten Zimmer nebenan dalag.

Und doch lebte mein Vater noch. Sein Tod allerdings stand uns so sicher bevor, wie das Frühjahr in den Sommer überging. Wahrscheinlich würde er der fünfundneunzigste von den hundertsiebzehn Klassenkameraden der Kadettenschule sein, der sterben würde. Seit der Ozeanfahrt der Seekadetten im Sommer des Jahres 1915 bis zu diesem Sommer, zweiundzwanzig Jahre nach der Niederlage, hatte er schon vierundneunzig von ihnen verloren. Und er wußte nicht, daß er nun selbst an der Reihe war, von den restlichen zweiundzwanzig Kameraden betrauert zu werden.

Das schon zwecklose Röntgenbild vom Magen meines Vaters, das von zahlreichen Ärzten begutachtet worden war, bekamen wir jetzt zurück. Im April, als es gemacht wurde, hatte Vater natürlich vor dem Ergebnis gezittert. Er wäre wohl gern von dieser Aufnahme verschont geblieben. Sie war in der Tat wie ein Stich ins Wespennest gewesen. Seit Monaten war er wegen Verdachts auf eine Herzkrankheit behandelt worden. Eines Tages meinte er urplötzlich, er habe beim Essen ein Gefühl, als sei seine Speiseröhre blockiert. Daraufhin wurde er also geröngt. Zu seiner Frau sagte er vorsichtshalber, man solle ihn in Ruhe lassen, falls es eine schlimme Krankheit wäre. In seinem Alter wolle er nicht mehr, daß man ihm den Bauch aufschnitt. Sicher befürchtete er damals schon, Krebs zu haben.

Nach der nächsten Behandlung kam er mit dem Befund des Arztes nach Hause: kein Krebs! Am Magenmund wäre zwar ein kleiner Schatten zu sehen gewesen, aber das sei nur ein gutartiges Geschwür, das man nun rasch behandeln würde. Dem Arzt gelang es also, ihn fürs erste zu beruhigen. Dabei ahnte er nicht, daß die Krankenschwester beim Hinausgehen meiner Mutter heimlich eine flüchtig aufgeschriebene Nachricht des Arztes in die Hand gedrückt hatte, worauf stand: „Kommen Sie bitte noch einmal allein vorbei, wenn Sie Ihren Mann heimgebracht haben."

Dieses eine Stück Papier, das plötzlich hereingeschneit kam, steckte uns wohl an. Nun begannen auch wir wie besessen Notizen auszutauschen und Geheimunterredungen abzuhalten. Noch an demselben Abend bekam meine Frau an der Küchentür des „Hauses drüben" von meiner Mutter verstohlen eine Notiz ausgehändigt. Darauf stand geschrieben, daß sie heute spät in der Nacht einen ausführlichen Brief in unseren Briefkasten stecken würde. Ich solle ihn lesen und dann morgen Ryoji, meinem älteren Bruder in Tokyo, zeigen.

Nachts holte ich den besagten, an Ryoji adressierten Brief ins Haus und las ihn zusammen mit meiner Frau unter der Lampe. Meine Mutter schrieb, aufgrund der Röntgenaufnahmen bestehe starker Verdacht auf Krebs. Da die Krankheit wahrscheinlich schon vor einigen Monaten ausgebrochen sei, wäre es vom heutigen Stand der Medizin aus gesehen für einen Eingriff zu spät. Und wenn man die Lage des Geschwürs bedenke, noch dazu Vaters hohes Alter und seine körperliche Verfassung, so sei eine Operation undenkbar. Längstenfalls würde er noch bis zum Sommer leben können. Und so weiter. Sie gab getreu wieder, was man ihr am Tage alles gesagt hatte. Und da die Behandlung nun sinnlos wäre, hätte man ihr empfohlen, Vater zum Sterben in eine große

Krebsklinik zu bringen. Sie schloß mit der Bitte, Ryoji solle mit mir besprechen, was nun zu unternehmen sei. Der Schreibstil meiner Mutter wirkte sehr gelassen, ohne eine Spur von Fassungslosigkeit. Um keinen Verdacht bei meinem Vater zu erregen, hatte sie sicher gewartet, bis er sich schlafen gelegt hatte, und dann im Wohnzimmer oder in der Küche rasch auf das erstbeste Stück Papier geschrieben.

Ich las zu Ende und blickte noch eine Weile auf diesen kurzen, mit Bleistift geschriebenen Brief. Er war so klar und eindeutig formuliert, daß ich ihn kein zweites Mal durchzulesen brauchte. Ich versank ganz in Gedanken. Sowohl die Verfasserin des Briefes als auch derjenige, um den es darin ging, lagen jetzt im „Haus drüben" nebeneinander, so, wie sie es schon seit Jahrzehnten zu tun pflegten. Bald würde ihr gemeinsames Leben vorüber sein. Der zum Tode Verurteilte schlief wahrscheinlich sorglos, aber meine Mutter, die ihn überleben würde, konnte sicher noch nicht einschlafen und starrte ins Dunkle. Morgen, nein, heute abend schon begann der bittere Alltag der Zurückbleibenden.

„Er war ein lieber Großvater, er war immer nett zu mir und zu den Kindern. Ein so lieber Opa", murmelte Tamako vor sich hin, und es kam mir nicht einmal seltsam vor, daß meine Frau schon in der Vergangenheitsform über ihn sprach. Er war sozusagen schon in einen Zustand eingetreten, der uns gesunden Menschen fremd ist und so dem Tod nähersteht als dem Leben. Wir hatten nur nicht bemerkt, daß „es" bereits vor mehreren Monaten angefangen hatte. Ende vergangenen Jahres war mein Vater einmal, als er gerade zur Toilette wollte, auf dem Flur mit einem fürchterlichen Krach gestürzt. Jetzt wurde klar, daß das ein Symptom der vom Krebs verursachten Blutarmut gewesen war. Der Arzt hatte damals einen verhängnisvollen Fehler begangen, indem er Herzinsuffizienz diagnostizierte und dem Kranken auf ewig eine Herzbehandlung verordnete. Nach der erneuten Untersuchung bot der Arzt großzügig an, uns jederzeit das Röntgenbild auszuhändigen, wenn wir es wollten. Wir könnten damit zu einem Spezialisten gehen, egal, zu welchem. Sein Selbstbewußtsein, mit dem er uns die neue Diagnose vorsetzte, wirkte jetzt nur noch lächerlich. Wir merkten auch, daß er uns nach alledem möglichst schnell loswerden wollte.

Aber nun hatte es keinen Sinn mehr, dem Arzt zu grollen. Im Grunde war mein Vater selbst daran schuld gewesen. Er nahm den Arzt immer in Schutz. „Dieser Kida ist doch auch von der Marine." Er war früher Militärarzt zur See gewesen. Komischerweise genügte allein diese Tatsache meinem Vater, ihm grenzenloses Vertrauen zu schenken, obwohl in der Medizin eigentlich weder zwischen Marine und Heer noch zwischen Militär und Zivil ein Unterschied gemacht wird. Und jetzt war er von dem „Marinesoldaten", den er zu seinem Leibarzt auserkoren hatte, ganz schön verraten worden. Für diesen ehemaligen Militärarzt war der alte Offizier, den er auf Kosten der staatlichen Krankenversicherung notdürftig behandelte, nichts als einer der lästigen Patienten, die Zeit und Mühe in Anspruch nahmen und dabei kaum Gewinn einbrachten.

Am nächsten Tag ging ich mit dem Brief meiner Mutter in der Tasche aus dem Haus. Da ich täglich nach Tokio fuhr, mußte ich immer die Rolle des Nachrichtenvermittlers übernehmen, wenn meine Mutter etwas mit Ryoji besprechen wollte. In letzter Zeit hatte ich ihn allerdings sehr selten gesehen. Ich rief ihn in seiner Firma an und hörte seit langem einmal wieder seine Stimme. Er dachte wohl zuerst, ein Geschäftspartner wäre am anderen Ende der Leitung. Deshalb meldete er sich in einem übertrieben diensteifrigen, kaufmännischen Ton. Als er aber im nächsten Augenblick merkte, daß ich es war, wurde er auf einmal wortkarg. Es war mir ebenfalls unangenehm, ihm am frühen Morgen im Büro mit dieser Angelegenheit die Laune verderben zu müssen.

„Mit Vater stimmt was nicht. Er wurde von einem Arzt bei uns in der Nähe geröntgt, und dann erfuhren wir es."

Irgendwie brachte ich den Namen der Krankheit nicht über die Lippen und zog es vor, mich undeutlich auszudrücken. Ich stand an einem öffentlichen Fernsprecher, wo wirklich niemand war, der hätte zuhören können. Allerdings war um mich herum ein solcher Lärm, daß ich ziemlich laut hätte brüllen müssen, um das Wort „Krebs" auszusprechen.

„Was? Hat er etwa Krebs?" Während ich mir große Sorgen um Vater machte, klang seine Antwort in meinen Ohren ziemlich barsch. „Es sieht so aus, aber man ist sich noch nicht ganz sicher."

„Und wo? Im Magen?" Er zeigte zumindest eine spontane Neugier, wie sie für Leute im fortgeschrittenen Alter typisch ist, die hellhörig werden, wenn diese Krankheit zur Sprache kommt.

„Hmm", kommentierte er zwischendurch immer wieder meine Erklärungen, schien jedoch nicht besonders schockiert zu sein. Tief nachdenklich wirkte er auch nicht.

Ich schlug vor, daß ich die Einzelheiten bei einem Treffen erzählen könnte, und damit endete unser Telefongespräch. Vermutlich hatte er nur deshalb so kühl reagiert, weil es um Vater ging. Wenn es Mutter betroffen hätte, wäre seine Reaktion sicher anders ausgefallen.

Er war nach dem Krieg wegen Vater von zu Hause weggelaufen. Das lag schon weit zurück, und sie hatten sich inzwischen auch wieder einigermaßen versöhnt, aber seit diesem Vorfall versuchte er immer, seinem Vater aus dem Weg zu gehen. Das entging weder mir noch Mutter.

Wenn ich noch weiter zurückdenke, so hatte sich mein Bruder sicher nur deshalb für die Kadettenschule entschieden, weil er von Vater beeinflußt worden war. Es war auch möglich, daß er es zur Hälfte seiner Mutter zuliebe getan hatte. Ich kann mich noch gut an den Tag erinnern, als er in seinen ersten Sommerferien nach Hause kam. Damals ging er in die Schule in Iwakuni. Ich begleitete meine Mutter zum Bahnhof Fujisawa, um ihn abzuholen. Er trug eine blütenweiß bespannte Schulmütze und eine weiße Uniform mit Goldknöpfen, und an der Hüfte hatte er ein kurzes Schwert hängen. So kam er schnurgerade vom Bahnsteig her auf uns zu, nahm eine stramme Haltung vor Mutter an und salutierte mit einer zackigen Bewegung. Ich staunte. Nie hätte ich es für möglich gehalten, daß er, der Schweigsame, der sich immer geniert hatte, es vor aller Augen fertigbrachte, ein solches Schauspiel aufzuführen. Von dieser Szene weniger verwirrt als vielmehr fasziniert, schaute Mutter voller Bewunderung zu ihrem Sohn auf. Dieses Bild leuchtete vor meinen Augen wie die blendende Sommersonne. Ich stellte mir vor, daß ich in zehn Jahren einmal genauso aussehen würde. Jetzt kommt mir das Ganze wie ein Traum vor. Irgendwann hatte ich in Ryoji nur noch einen Einfaltspinsel gesehen, der tat, was sein Vater von ihm verlangte, und der seiner Mutter Freude machen wollte. Andererseits dachte ich schon immer, daß er, einmal abgesehen von Mutter, wirklich gute Gründe hatte, Vater zu hassen.

Am Abend desselben Tages trafen wir uns nach der Arbeit auf dem Bahnhof Shimbashi. Ryoji war etwas früher als verabredet gekommen und stand schon an der Sperre. Als ich meinen Bruder inmitten des Gedränges von jungen Männern und Frauen entdeckte, die mit glänzenden Augen auf ihre Partner warteten, kam ich mir erbärmlich vor. Denn mir wurde jetzt um so mehr bewußt, worum es bei unsrer Verabredung ging. Ryoji trug eine abgewetzte, schlichte Krawatte, und sein Gesicht sah geschwollen aus. Er war müde, vermutlich weil er Geschäftspartner hatte unterhalten müssen.

Er führte mich durch zahlreiche schmutzige Seitengassen hinter dem Bahnhof zu einer der Kneipen, die es dort massenhaft gab. Ich war zwar neugierig, einmal seine Stammkneipe kennenzulernen, aber als wir eintraten, war ich enttäuscht. Ein durchschnittliches, schummriges Lokal, das mir zu düster schien für unsere Unterredung heute abend. Er ging am Tresen vorbei zu einem Tisch in der hintersten, stickigsten Ecke und sagte, ich solle Platz nehmen.

„Ach, kommt doch hierher!" forderte uns mit verwundertem Gesicht eine Frau auf, wahrscheinlich die Wirtin. Denn am Tresen waren noch Plätze frei. „Nein, wir haben was zu bereden", erwiderte Ryoji.

„Aha, was Schönes?" gab sie gleich zurück. Ihr Übermut machte mich noch beklommener, als ich schon war. Wir erweckten an diesem Abend sicher den Anschein von zwei langweiligen Gästen, die sich absolut nicht der Atmosphäre der Kneipe anpassen konnten.

Ich holte Mutters Brief aus der Tasche und gab ihn Ryoji zu lesen. Er brauchte dafür erstaunlich lange, denn er hatte genau wie ich Mühe mit der schönen, aber schwer zu entziffernden Kursivschrift. Dann steckte er den Brief wieder in den Umschlag und sagte dasselbe, was wir auch schon vom Arzt gehört hatten: „Auf jeden Fall können wir ihn nicht zu Hause lassen."

„Aber Mutter will ihn lieber daheim behalten, wenn ihm sowieso nicht mehr geholfen werden kann", entgegnete ich, und damals war ich derselben Meinung wie sie.

„Wenn er operiert werden soll, dann möglichst bald."

Er schien eine Operation irgendwie für selbstverständlich zu halten. Ein wenig überstürzt erwiderte ich: „Das geht auf keinen Fall! Vater will sich nicht operieren lassen, außerdem könnte er dann merken, daß er Krebs hat, und das wäre schlimm."

Er lächelte säuerlich, als würde er das nicht akzeptieren. „Der ist doch nur feige. Obwohl er immer große Töne spuckt, kneift er, wenn es ernst wird."

Genau das sagte auch Mutter fast täglich, jedoch klang es bei ihm noch etwas herzloser. Er schien begeistert von dem Gedanken zu sein, daß nun der Mut seines Vaters auf eine Probe gestellt wurde.

„Ja, eben. Vor dieser Krankheit hat er sich doch schon immer gefürchtet. Wahrscheinlich zittert er insgeheim davor, tatsächlich Krebs zu haben. Bis jetzt scheint er ja noch nichts zu ahnen. Aber wenn es so weitergeht mit dem gegenseitigen Belauern, macht das auf die Dauer uns alle kaputt."

„Tja, er hat es nicht besser verdient. Schließlich hat er immer getan, was er wollte", seufzte Ryoji resigniert

Das war eine Anspielung auf die unmäßigen Trink- und Rauchgewohnheiten Vaters. Er hatte buchstäblich gesoffen wie ein Loch und gequalmt, daß ihm das Nikotin fast zum Hintern heraustrat. Seine Sucht war auch in der ganzen Verwandtschaft bekannt. Aber dafür hatte er ja schon genügend büßen müssen. Einmal abgesehen vom Rauchen war der Alkohol daran schuld gewesen, daß seine berufliche Karriere so unrühmlich endete. Und wenn Ryoji auch meinte, es geschehe ihm recht, so stand es gerade ihm nicht zu, über Vater zu spotten. Denn bei ihm lag es sicher genausowenig nur an seinem Bildungsgang, daß er jetzt selbst ein Leben voller Unzufriedenheit führte. Es ging alles schief, was er anpackte, und er wechselte so oft den Beruf, daß sogar sein unbeständiger Vater sprachlos war.

„Auf alle Fälle bittet dich Mutter, einmal vorbeizukommen, damit auch du dir ein Bild machen kannst. Du sollst so tun, als hättest du zufällig in der Nähe etwas zu erledigen gehabt und würdest unterwegs hereinschauen. Du kannst auch vorher kurz anrufen. Es geht eben nicht, daß wir dir telefonisch alles ausführlich erklären. Weißt du, seit dieser Röntgenaufnahme fühlen wir uns ständig von Vater belauscht."

Wenn ich an den uns bevorstehenden täglichen Nervenkrieg dachte, den wir unter einem Dach gegen Vater zu führen hatten, konnte mir nicht einmal der Alkohol, den wir gerade tranken, Erleichterung verschaffen. Auch mein Bruder wollte das traurige Gelage beenden, bei dem über eine so unerquickliche Angelegenheit gesprochen wurde. Zum Schluß brummte er mit Entschlossenheit: „Gut, ich komme mal vorbei, wenn ich Zeit finde."

Und als er dann die einsam wirkende junge Frau ansprach, die den Reiswein erwärmte, und ihr ungeschickt Komplimente machte, war ich wirklich erleichtert. „Satchan...", nannte er sie vertraulich, wie ein alter Stammgast. „Nicht wahr, du warst heute gegen zwei Uhr in der Nähe des Bahnhofs Yotsuya?" Sie dachte kurz nach und machte dann ein erstauntes Gesicht. „Ja, stimmt. Ich war dort, aber woher weißt du das?"

„Ich habe dich vom Bus aus gesehen. Als ich gerade aus dem Fenster schaute, liefst du draußen vorbei. Ja, da bist du rumstolziert."

„Ach so!" Sie sprang fast auf vor Eifer, so, als wäre dies das Ereignis des Tages. Nach einer Weile brachte sie uns noch einmal Reiswein, und bei der Gelegenheit stellte Ryoji mich als seinen jüngeren Bruder vor.

„Ach was, das habe ich ja gar nicht bemerkt." Sie schaute vom einen zum andern, wie es alle Leute in dieser Situation tun. Dann setzte sie sich ganz dicht neben ihn und schenkte uns Reiswein ein. Aus dem Gespräch der beiden schloß ich, daß sie lediglich gute Bekannte waren. Aber ich fühlte mich Ryoji gegenüber irgendwie gehemmt und zog es vor zu schweigen.

„Dein Bruder ist sehr still, nicht wahr?" Es wirkte sehr komisch, daß sie das immer wieder und ausgerechnet zu ihm sagte. Denn unsere Eltern hatten ihn schon früher als schweigsam und ungeschickt im Reden bezeichnet, was auch heute noch zutraf, während ich für ihre Begriffe unangenehm geschwätzig war. In seiner Jugend hatte er Mutter immer einen langen Brief hinterlegt, wenn er etwas Wichtiges zu besprechen hatte, als ginge es um ein Liebesgeständnis. So geschah es bei seiner Aufnahmeprüfung in die Kadettenschule oder als er nach seiner Heimkehr eine Stelle antrat, ebenso als er heiraten wollte. Ich hielt ihn für einen rechten Sonderling, ihn, der immer Post spielte, obwohl wir unter einem Dach wohnten. Seither hatte sich zwar nicht viel an seiner Einsilbigkeit geändert, aber inzwischen konnte er ganz normal mit anderen reden, was wohl seinen ständig wechselnden Geschäften zu verdanken war. Ja, seine Geschäfte! Aus dem Krieger wird kein tüchtiger Kaufmann, sagt man. Auch er war keine Ausnahme. Schließlich tadelte ihn sogar Vater, der selbst so einer war, immer wieder: „Sich andauernd neue Visitenkarten drucken lassen, das ist keine Kunst."

Plötzlich bemerkte ich, daß mir die Frau den ungewöhnlichen Namen der Kneipe erklärte: „In einem Gedicht von Shimazaki Toson heißt es doch ‚Da es dämmert, ist auch vom Berg Asama nichts zu sehen; wehmütig tönt eine Rohrflöte in Saku.' Angeblich hat man die Kneipe danach benannt. Die Wirtin ist ja auch aus Shinshu."

So spulte sie ihren Spruch herunter. In dem Namen waren tatsächlich die Schriftzeichen für Saku, einen Ort in der Region Shinshu, enthalten. Wahrscheinlich war sie schon öfters von Gästen danach gefragt worden. Sie vergaß nicht hinzuzufügen, ich solle auch ohne meinen Bruder einmal wiederkommen. Bis zuletzt blieb der düstere Eindruck des Lokals bestehen, aber das lag sicher nicht nur an der spärlichen Beleuchtung, sondern auch an dem Gespräch, wegen dem wir hier hereingekommen waren. Außer Ryoji schien es jedoch noch einige andere Stammgäste zu geben, die gerne diese Spelunke besuchten.

„Willst du heute abend nicht bei uns übernachten?" Er hatte wohl bemerkt, daß ich mich unwohl fühlte, und befürchtete sicher, ich hätte es eilig heimzugehen. Tatsächlich hatte ich keine Lust weiterzutrinken, und wußte auch nicht, worüber wir uns noch hätten unterhalten können. Obwohl ich zuerst unentschlossen war, so freute ich mich doch im Grunde meines Herzens, heute einmal nicht nach Kugenuma zurückkehren zu müssen, in das Haus, wo mein Vater schlief.

Wir gingen dann doch noch in eine andere Kneipe, eine, die ich kannte. Sie lag in der Nähe meines Büros, und wir stießen auch prompt auf meinen Vorgesetzten, der gerade seine Rechnung bezahlte. Weil er Ryoji so musterte, sah ich mich gezwungen, ihn vorzustellen: „Das ist mein älterer Bruder." Diesem glückten zu meinem Erstaunen ein paar förmliche Floskeln und ein freundlicher Gruß, aber als der andere gegangen war, verfiel er wieder in seine Einsilbigkeit. Nach einiger Zeit sagte er unvermittelt: „Na ja, wir werden auf jeden Fall in das Haus ziehen. Du hast doch sicher nichts dagegen."

Ich wußte gleich, was er meinte, war aber trotzdem etwas überrascht. Damit hatte ich nicht gerechnet, daß er schon so frühzeitig planen würde, obwohl ich vermutet hatte, daß es nach Vaters Tod einmal dazu kommen würde. Ich selbst dachte weniger an die konkreten Dinge, die danach erledigt werden mußten, sondern hatte den Kopf voll mit der Frage, wie wir Vater das Sterben erleichtern konnten. Ich fühlte mich von seinem Vorschlag etwas überfahren und entgegnete: „Nein, das macht mir nichts aus."

Meine Antwort schien ihn richtig aufleben zu lassen: „Du und ich, wir haben uns doch schon immer gut verstanden. Es fragt sich nur noch, wie die Frauen miteinander zurechtkommen werden. Du kannst Tamako ja schonend darauf vorbereiten. Und mit Fumiko gibt es garantiert keine Probleme, sie ist sehr aufgeschlossen."

So sprach er über unsere Frauen. Aber es kam ja noch eine dritte hinzu, mit der wir auskommen mußten: Mutter. Da würden sicher lästige Schwierigkeiten auftreten.

„Und was machen wir mit Mutter?" Diesmal war ich an der Reihe zu fragen. Er dachte kurz nach. „Mit Mutter, das geht doch klar", antwortete er, „ich werde mich um sie kümmern. Eine einzige alte Frau zu ernähren ist kein Problem, das geht schon irgendwie. Fumiko werde ich das auch noch beibringen."

Ja natürlich, dachte ich, nach Vaters Tod gehört das Haus in erster Linie Mutter. Wir konnten sie ja nicht einfach woanders hinbringen, und sie würde sich sicher auch dagegen sträuben. Der Vorschlag meines Bruders, in das „Haus drüben" zu ziehen und sich um sie zu kümmern, kam mir ehrlich gesagt wie eine Erlösung vor. Von meiner Frau wollte ich mir jedenfalls keinen Strich durch die Rechnung machen lassen. Denn ich hatte schon befürchtet, sie zu Mutters Pflege zwingen zu müssen, obwohl sie mir in den letzten sieben Jahren unseres gemeinsamen Lebens schon zur Genüge zu verstehen gegeben hatte, daß sie sich mit ihrer Schwiegermutter nicht vertrug.

„Ach, zusammen werden wir das schon schaffen, wir sind ja schließlich Brüder", meinte Ryoji naiv. Mich traf weniger seine egozentrische Gesinnung als vielmehr die Tatsache, daß er mit mir so förmlich wie mit einem Fremden sprach. Ich schloß daraus, daß er knapp bei

Kasse war. Seine Arbeit geht sicher mal wieder schlecht, dachte ich. Dabei hatte ich keine Ahnung, was er jetzt trieb. Sein Gesicht mit den Augen, die finster blitzten, sogar wenn er lachte; das war das Gesicht eines kleinen Mannes, der es nie weit bringen konnte, der, auch wenn der kleinste Auftrag winkt, selbst noch den niedrigsten Handelspartner einlädt und zu überreden sucht. Dieses Gesicht erinnerte mich daran, daß ich ihm gegenüber stets im Vorteil gewesen war, nur weil ich der um fast ein Jahrzehnt jüngere Nachzügler bin. Im Gegensatz zu ihm, der immer nur von einem Mietshaus ins andere gezogen war, hatte ich tatsächlich ganz frech ein eigenes Haus auf Vaters Grundstück gebaut und wohnte dort. Ich hatte nicht vergessen, daß ich meinen mehr schlecht als recht erkämpften Universitätsabschluß eher ihm als meinem Vater zu verdanken hatte. Wenn ich mir keine Monatsfahrkarte für die Uni kaufen konnte, wandte ich mich flehend an ihn, und mehr als einmal hat er all seine Kräfte aufgeboten, um das nötige Geld zu beschaffen. Bei meiner Immatrikulation, und auch als ich gleich nach dem Studium eine Stelle fand, sagte Mutter über ihn:

„Wenn die Zeiten besser gewesen wären, hätte auch Ryoji wie alle anderen studieren und dann in eine gute Firma eintreten können. Er ist ja wirklich ein kluger Junge. Der Arme hat nur die Kadettenschule absolviert. Deshalb wird er jetzt überall schlechter behandelt als diejenigen mit Universitätsabschluß, und die Karriereleiter kann er nur sehr langsam hinaufsteigen. Das gefällt ihm natürlich nicht, und so sucht er sich dauernd eine andere Stelle. In dieser Hinsicht ist er ein Dickkopf."

Wenn die Zeiten besser gewesen wären – das war ihr Lieblingsspruch. Wenn sie tatsächlich besser gewesen wären und Vater mit seinen Kameraden im Krieg nicht verloren hätte, wäre er aus der unglücklichen Lage, auf ewig nur ein Kapitän zur See zu sein, herausgekommen und zum General aufgestiegen? Würde man ihn jetzt mit „Exzellenz" anreden? Das will ich bezweifeln.

Wir nahmen uns ein Taxi und erreichten erst nach Mitternacht Ryojis Haus in Chofu. Dort, wo wir ausstiegen, war es stockfinster, und als der Wagen wegfuhr, konnte man in der Dunkelheit zuerst gar nichts sehen. In der Nähe war ein Mischwald zu erkennen. Seit er hierher gezogen war, kam ich zum erstenmal zu Besuch. Seine Adresse wechselte auch so oft, daß ich sie mir nie merken konnte.

Als ich nach ihm das Haus betrat, spähte ich durch die Schiebetür und sah flüchtig meine Schwägerin im Nachthemd. Sie war noch auf und schien zu lesen, hatte aber im Zimmer schon das Bettzeug ausgebreitet. Solange sie es wieder beiseite räumte, wartete ich in der Diele und sah mich in der engen Behausung um. Ein billig gebautes Mietshaus mit der typischen Raumaufteilung – das Wohnzimmer schien nachts als Schlafzimmer zu dienen.

„Vater geht es nicht gut", sagte mein Bruder nur, während er sich Hauskleidung anzog. Genau wie mir gegenüber war er auch daheim nicht redselig. Fumiko zog einen kleinen Tisch hervor, und während sie ihn abwischte, wandte sie sich heiter an mich: „Das wußte ich gar nicht. Ich glaube, wir haben ihn seit Neujahr nicht mehr gesehen, aber damals schien es ihm doch noch gutzugehen. Was hat er denn?"

„Anscheinend Krebs", entgegnete ich, halb erwartend, daß sie das schockieren würde.

„Ach." Tatsächlich änderte sich jetzt ihre Gesichtsfarbe, als sie zu mir hochsah. Im nächsten Augenblick stand sie jedoch geschäftig auf und ging in die Küche. Wie zu sich selbst sagte sie: „Der Ärmste, ein so guter Mensch."

Sie zeigte aufrichtiges Mitgefühl. Als sie das einfach

so vor sich hin murmelte, stieg ein Gefühl der Leere und Unzufriedenheit in mir auf, denn mir wurde bewußt, daß ich den ganzen Tag nur herumgelaufen war, um die Nachricht von Vaters bevorstehendem Tod zu verbreiten. Wäre ich heute nacht doch bloß heimgekehrt, in das Haus an der Küste, wo er schlief.

Da Ryoji am anderen Morgen wieder früh raus mußte, legte ich mich auch gleich im Zimmer meines Neffen schlafen. Er hatte gerade Frühjahrsferien und war auf Exkursion mit dem Sportklub seiner Oberschule. Die Wände des winzigen Raumes hingen voller Fußballwimpel und Ausschnitte aus Comics, in der Ecke lehnte eine Gitarre mit gerissenen Saiten. Das Zimmer erinnerte mich an meine eigene Schulzeit, und ich konnte nicht einschlafen. Immer wieder schaltete ich das Licht ein und aus, während mein Bruder nebenan schon laut schnarchte.

Bei der Unterhaltung am Abend hatte ich bemerkt, daß er im Gegensatz zu mir Vaters Erkrankung sehr gelassen aufnahm. Jedoch ließ es ihn bestimmt nicht absolut kalt, daß sein eigener Vater bald sterben würde. Es war auch sicher, daß er ihn, den Offizier, einmal bewundert hatte. Wahrscheinlich gerade aus diesem Grund grollte er ihm jetzt, und das ließ mich schaudern. Er war knapp zwei Jahre an der Kadettenschule auf der Insel Edajima gewesen. Wenn der Krieg noch ein paar Jahre länger gedauert hätte, wäre auch er an die Front geschickt worden und höchstwahrscheinlich noch vor seinem Vater gestorben. Garantiert gingen meiner Schwägerin ähnliche Gedanken durch den Kopf wie ihm. „Der Arme, ein so guter Mensch." Ihre bedauernden Worte, die sie einfach so dahingesagt hatte, ließen mir keine Ruhe. Denn sicher würde sie nie vergessen, was Vater ihrem Mann angetan hatte.

Damals wollte er auf die Universität gehen und ganz

neu anfangen. Tatsächlich begannen seine Klassenkameraden aus der Mittelschule, die von der Kadettenschule zurückgekehrt waren, sofort mit der Vorbereitung für die Aufnahmeprüfungen der Universität. Wenn er auch letzten Endes aus freiem Willen darauf verzichtet hatte, so war doch in gewisser Hinsicht sein Vater mit daran schuld. Und ohne Zweifel geschah es auch wegen Mutter und mir. Vater hatte nach seiner Rückkehr ins bürgerliche Leben nichts anderes mehr im Kopf als den riesigen Zigarettenvorrat, den er zuletzt noch aus der Kantine bezogen hatte. Da er sich wie ein Arbeitsunfähiger benahm, mußte sich dafür natürlich mein Bruder um die Familie kümmern. Ryoji dachte, man könne sich vorläufig wohl durchschlagen, indem man Hab und Gut verkaufte, aber wie lange? Unter diesen Umständen könne er sich kein Studium leisten.

Meine Mutter betrachtete ihren Sohn, der mit kaum zwanzig Jahren schon ernsthaft für unseren Lebensunterhalt sorgte, als das Opfer der Familie. Dabei hatten meine Eltern nicht einmal eine Ahnung, wie er denn tatsächlich an das Geld kam, mit dem sie sich über Wasser hielten. Eines Tages standen bei uns Polizisten vor der Haustür, und da erfuhren wir erst, daß er auf der Flucht war. Aus einem in der Kadettenschule anerzogenen seltsamen Edelmut heraus war er Chef einer zwielichtigen Bande geworden und fungierte als eine Art Schwarzhändler. Aber jemand aus der Bande hatte unter seinem Namen einen Betrug begangen. Vom Geldauftreiben und -einfordern fast neurotisch geworden, floh Ryoji bis nach Kochi auf der Insel Shikoku, um sich bei einem alten Klassenkameraden zu verstecken. Damals kannte er auch schon seine jetzige Frau, die ihren Vater verloren hatte und arbeiten mußte. Als er ohne einen Groschen in der Tasche aus Tokio fliehen wollte, kaufte sie ihm die Fahrkarte und gab ihm Reis, Reiseproviant und Unterwäsche mit auf den Weg. Erst nachdem sich die Wogen wieder geglättet hatten, kam er nach Tokio zurück. Jedoch mit hohem Fieber von einer Erkältung, die sich unterwegs noch verschlimmert hatte. Weil er in einem solchen Zustand nicht nach Kugenuma zurückkehren konnte, kroch er bei seiner Freundin unter, wo er sich fortan aufhielt.

Ein Schwarzhändler und dazu noch mit einer Frau, das war zuviel für meinen Vater. Aber Ryoji konnte sich ja nicht einfach wieder von ihr trennen, zumal sie für seine Krankenpflege sogar ihre Kimonos einen nach dem andern versetzt hatte. Und während er dort allmählich zum Dauergast wurde, geriet er in die Verlegenheit, nun für ihre Mutter und ihren Bruder sorgen zu müssen. Ich erinnere mich daran, daß meine Eltern damals in Kugenuma Tag und Nacht nur noch über Ryoji sprachen. Vater, der gerne schrieb, schickte ihm öfter lange Briefe und forderte ihn wiederholt auf, doch einmal vorbeizukommen. Aber mein ohnehin schreibfauler Bruder meldete sich selten, fünf Briefe seines Vaters beantwortete er vielleicht mit einem. Er redete sich dann heraus, er wolle erst zu Besuch kommen, wenn er eine anständige Arbeit gefunden und ein neues Leben begonnen hätte. Schließlich wurde mein Vater so zornig, daß er persönlich losging, um mit seinem Sohn zu sprechen. Das muß ihn große Überwindung gekostet haben, denn seit er von den öffentlichen Ämtern ausgeschlossen worden war, hatte er immer zu Hause gehockt und nur selten Straßenschuhe angezogen. Ryoji hatte übrigens schon längst seinem damaligen Büro den Rücken gekehrt und war mal wieder spurlos verschwunden. Deshalb ging mein Vater bei dieser Gelegenheit gleich weiter zu Fumikos Arbeitsplatz. Er kam brüllend hereingestürzt und fragte mit lauter Stimme, ob ein Fräulein Soundso hier wäre. Vor ihren verblüfften Vorgesetzten und Kollegen beschimpfte er sie. Er warf ihr sogar Dinge an den Kopf wie „du Panpan-Hure", wie sie viel später einmal unter Tränen meiner Mutter anvertraute. Als er sie so beschimpfte, weinte sie laut, und sicher wäre sie vor Scham am liebsten auf der Stelle gestorben. Anstatt sie konkret zu fragen: „Wo hast du meinen Sohn versteckt?", hatte er sich bestimmt so in Wut geredet, daß ihm das damals gängige Schimpfwort entschlüpfte.

Abends kam er erschöpft nach Hause. Vor meiner Mutter und mir nahm er seine Armbanduhr ab und schleuderte sie auf den Trittstein bei der Veranda. Es war ein Charakterzug von ihm, sich an Gegenständen abzureagieren, wenn er die Beherrschung verlor. Unser Wasserkessel und viele andere Dinge im Haus hatten durch seine Hand Beulen bekommen, oder die Griffe waren abgebrochen. Aber diese solide Uhr wollte nicht gleich kaputtgehen. Mutter mußte ihm einen Hammer holen, und er stieg extra in den Garten hinunter. Es dauerte eine Weile, bis er die Uhr kurz und klein geschlagen hatte. Ryoji hatte sie ihm einmal in seinen besseren Tagen geschenkt, angeblich ein Schweizer Produkt. Noch lange danach jammerte Mutter, es wäre doch klüger gewesen, das Stück zu verkaufen, statt es zu zertrümmern.

Zu der Zeit glaubte Vater noch, seine Autorität als Familienoberhaupt geltend machen zu können, obwohl er keinerlei Einkünfte hatte. Ryoji distanzierte sich jedoch immer mehr von ihm, nicht nur weil er es müde war, ihm monatlich eine finanzielle Unterstützung zukommen zu lassen, sondern sicher auch, weil er nichts mehr mit diesem Egoisten zu tun haben wollte. Meinen Vater bedrückte die Sache mit Ryoji und dessen Freundin sehr. Er nahm es sich so zu Herzen, daß er stark abnahm und äußerlich rasch alterte.

Als er seinen Sohn schon fast aufgegeben hatte, tauchte dieser nach vielen Monaten ganz unerwartet wieder in Kugenuma auf. Es war am Silvesterabend des Jahres 1946, und wir saßen gerade beim Essen. Ohne Ankündigung betrat er das Haus und kam langsam den Flur entlang. Wir hörten alle auf zu kauen. An seinen Schritten hatten wir ihn gleich erkannt. Er kam verlegen lächelnd ins Eßzimmer. Da stand er, nach wie vor in seinem dunkelblauen, zerschlissenen Mantel von der Kadettenschule, mit langen Haaren. Die von Vater geerbte Marinemütze trug er nicht mehr. Wie immer hatte er die Hand an seiner Kinnspitze und machte ein ratloses Gesicht, als wüßte er nicht, wie er zu reden anfangen sollte. Er wirkte diesmal aber nicht so befangen, sondern sah seinen Vater irgendwie herausfordernd an. Mutter sagte als erste etwas, aber sehr zögernd, wegen ihres Mannes. Sicher hatte Ryoji nicht damit gerechnet, mit offenen Armen empfangen zu werden. Er stand nur da und wartete auf die Reaktion seines Vaters.

„Raus", sagte der mit ungewöhnlich ruhiger Stimme, ohne die Eßstäbchen abzulegen und seine Mahlzeit zu unterbrechen. Er schaute ihn nicht einmal an. Das sollte wohl heißen, er könne jetzt beruhigt gehen, denn diesmal verstoße er ihn endgültig.

Ryoji wirkte eingeschnappt, machte jedoch im nächsten Augenblick wieder ein gleichgültiges Gesicht, so als hätte er das schon erwartet. Meine Mutter war natürlich den Tränen nahe und wollte versöhnend eingreifen, aber sie brachte keinen Ton heraus und sah nur vom einen zum andern.

„Also, raus!" wiederholte Vater im selben Tonfall, während er weiterkaute. Ryoji entfernte sich mit gesenktem Kopf. Wortlos ging er durch den Flur.

„Schließ ab!" befahl Vater mir sofort. Obwohl mir das irgendwie zu voreilig erschien, stand ich gehorsam auf. Ich blieb eine Weile an der Tür stehen und lauschte nach draußen. Die Schritte meines Bruders waren nicht mehr zu hören. Während ich den Schlüssel herumdrehte, hatte ich das beklemmende Gefühl, er müsse es durchschauen, daß ich Vater auf diese Weise heimlich half. Dann ging ich zum Tisch zurück, wo Vater zu mir sagte: „Der gehört nicht mehr zu unserer Familie. Du brauchst ihn nicht als deinen Bruder zu betrachten."

Seltsamerweise beschäftigte mich daraufhin nur die eine Frage, wo Ryoji denn nun morgen seine Neujahrssuppe essen würde. Mein kindliches Gemüt interessierte sich weniger dafür, warum er eigentlich das Haus hatte verlassen müssen. Ich dachte, es müsse für ihn unerträglich sein, so Neujahr zu feiern. Er war an jenem Abend natürlich geradenwegs zu Fumiko zurückgekehrt. Sicher konnte er diesen unglücklichen Neujahrstag, den er mit seiner Freundin beging, die von seinem eigenen Vater sogar als „Panpan-Hure" beschimpft worden war, nie vergessen – wie sehr er ihm auch vergeben haben mochte.

Als mein Vater nach einigen Monaten von sich aus seinem Sohn verzieh, hatte sich seine Haltung im Vergleich zu damals, als er noch voller Selbstbewußtsein war, vollkommen verändert. Er war nachgiebig geworden. Eines Mittags kam mein Bruder zurück, nachdem er gehört hatte, daß Vater alles vergessen wollte. Ryoji saß aufrecht vor ihm, klammerte sich am chinesischen Kohlenbecken fest, das neben ihm stand, und vergoß schluchzend Mannestränen. Vater wurde ganz verlegen und sagte immer wieder: „Schon gut, es war doch mein Fehler." Er stammelte wiederholt, daß alles ein Mißverständnis seinerseits gewesen wäre. Ich beobachtete die beiden, und selbst für meine kindlichen Begriffe klang das Wort „Mißverständnis" viel zu simpel als Entschuldigung für das, was Ryoji durch ihn hatte erleiden müssen.

Wenn ich es mir jetzt so überlege, hatte Vater meinen

Bruder und Fumiko wirklich schlechter behandelt, als sie es verdienten. Wie unzufrieden er auch mit ihnen gewesen sein mag, so hatte doch Ryoji an seiner Stelle die Familie aus einer Krise gerettet, und Fumiko hatte ihm tapfer zur Seite gestanden. Die Autorität meines tyrannischen Vaters war durch diese beiden zum erstenmal in Frage gestellt worden, nachdem in der Familie bisher alles seinen Wünschen gemäß verlaufen war. Schließlich hatten sie ohne seinen ausdrücklichen Segen geheiratet und ihn damit bezwungen. Und jetzt hatte er keine Ahnung, daß die Schwiegertochter ihm zu verzeihen schien, wie er sie behandelt hatte, und sagte: „Der Ärmste, ein so guter Mensch."

Damals, als ich bei meinem Bruder übernachtete, war es April gewesen. Inzwischen waren schon wieder zwei Monate vergangen. Während Vaters Todesurteil noch ganz frisch im Hause war, nahm ich mir vor, mich des Alkohols zu enthalten und nachts nicht mehr so spät nach Hause zu kommen. Das war übrigens wie gewöhnlich ein sehr kurzlebiger Vorsatz. Mein anfänglicher lobenswerter Entschluß löste sich unversehens in Wohlgefallen auf, und nun bemühte ich mich, für meine Willensschwäche Ausreden zu finden. Wieder einmal war ich einige Abende hintereinander spät nach Hause gekommen, als mich meine Frau am Eingang mit ungewöhnlich verheultem Gesicht empfing.

„Was ist los?" Ich dachte schon, daß Vater in meiner Abwesenheit gestorben wäre.

„Du fragst auch noch, was los ist!" erwiderte sie vorwurfsvoll. „Wie kannst du es nur fertigbringen, jeden Abend zum Trinken zu gehen! Opa macht sich solche Sorgen um dich. Warum kommst du nicht früher heim? Es geht schließlich um deinen Vater!"

„Ich habe doch dienstlich so viel zu tun. Geschäftsessen und so . . ." Als ich merkte, worum es ging, war ich auf der Stelle erleichtert und antwortete wie immer ausweichend. Es war zur Hälfte wahr, jedoch hatten die Kneipenbesuche im Grunde überhaupt nichts mit meiner Arbeit in der Firma zu tun.

„Du weißt ja nicht einmal, wie lange du noch mit ihm zusammensein kannst. Kümmere dich doch ein bißchen um ihn! Du vernachlässigst total deine Kindespflicht!" Sie hatte wirklich recht. Stumm zog ich meine Schuhe aus und ging ins Zimmer. Schon so oft hatte sie zu mir gesagt: „Wie wäre es, wenn du ab und zu mal zu Opa gehen und ihn nach seinem Befinden fragen würdest?" Oder: „Er macht sich große Sorgen um dich." Sie fungierte sozusagen als Vermittlerin zwischen meinem Vater und mir, weil ich tagsüber nicht zu Hause war. Kindisch wie sie war, ließ sie sich dazu noch von ihm hätscheln, und auch sie selbst wurde anhänglich – ein Zug, den ich an ihr nicht erwartet hätte. Als mein Vater bettlägerig wurde, kaufte ihm nicht Mutter, sondern Tamako spontan von ihren eigenen Ersparnissen eine Schaumstoffmatratze, damit er keine Rückenschmerzen bekam. Sie war es auch, die aus der Apotheke in der Nähe ein seltsames chinesisches Medikament mitbrachte, weil man ihr eingeredet hatte, es sei gegen Krebs. Bevor sie es ihm gab, entfernte sie natürlich das Etikett sorgfältig mit den Fingernägeln. Wahrscheinlich war mein Vater gegenüber ihr, der Eingeheirateten, offener als Mutter und mir gegenüber, mit denen er schon immer zusammengelebt hatte. Man könnte vielleicht sagen, daß ich mich im Schatten dieser Beziehung ausruhte und Vater Tamako überließ. Meine Frau kümmerte sich nicht um meine abgelegten Kleidungsstücke und setzte ihren Bericht fort:

„Heute fragte ich Opa, was er essen wolle oder was er meine essen zu können. Aber er wollte nichts, er meinte, nichts hinunterzubringen, und den ganzen Tag nahm er nichts zu sich. Erst abends sagte er, er könne vielleicht Buchweizennudeln essen. Oma machte welche, aber nach zwei, drei Mundvoll legte er die Stäbchen schon wieder weg. ‚Zu hart', behauptete er, obwohl es gar nicht stimmte, denn Oma hatte sie ganz weich gekocht."

Nur mit einem Hemd bekleidet, stand ich mitten im Zimmer und hörte geduldig zu, wie meine Frau mit weinerlicher Stimme ihr Herz ausschüttete. *Na und? Es ist sowieso zu spät. Was sollen wir denn da noch unternehmen?* Ich setzte ein mürrisches Gesicht auf, um meine Bestürzung zu verbergen.

„Dann stritten sie sich, ob die Nudeln nun hart oder weich wären. ‚Also, hol Tamako herüber', befahl Opa. Ich mußte die Nudeln probieren, und sie waren überhaupt nicht hart. Opa fragte: ‚Nicht wahr, Tamako, sie sind hart.' Ich wußte nicht, was ich antworten sollte und sagte nur: ‚Hmm . . ., nicht zu hart, aber vielleicht doch ein wenig.' Jetzt kann er nicht einmal mehr so weiche Sachen essen, und du gehst jeden Abend zum Trinken!"

Wenn man will, kann man vielleicht sogar vergessen, daß es mit dem eigenen Vater zu Ende geht. Ich glaube allmählich, daß dies auf jeden Fall eine natürliche Reaktion wäre. – *Sterben, das wird er ja nicht von heute auf morgen. Bis dahin werden noch einige Monate vergehen. In dieser Zeit kann ich mich sicher innerlich darauf vorbereiten und habe Gelegenheit, den Abschied für immer genügend zu betrauern. Und ich kann sogar noch so weit meiner Kindespflicht nachkommen, daß ich mir später nichts vorzuwerfen habe.* Ich hatte also immer wieder Gedanken, die einem herzlosen Sohn in dieser Situation so durch den Kopf gehen können. Auf diese Art betrog ich mein schlechtes Gewissen und besuchte meinen Vater so gut wie nie. Gleich nachdem wir erfahren hatten, daß es Krebs war, ließ ich Tamako meiner Mutter fürs erste unsere Ersparnisse, einige zehntausend Yen, überbringen. Denn auch wenn sie über das Geld für die Beerdigung verfügte, so hatte sie sicher außer der monatlichen Soldatenrente fast keine Einkünfte. Mit Ryoji vereinbarte ich, daß wir uns die Kosten der kommenden Monate gleichmäßig teilen würden – meinen Anteil lieh ich mir von der Firma. Das war tatsächlich das einzige, was ich unternahm. Ich wurde das Gefühl nicht los, grausam zu sein, denn es war so, als wolle ich Vater sagen: Stirb brav mit diesem Etat. Weiter machte ich nichts, als mir nur ab und zu unbestimmt Vaters Krankheitszustand vorzustellen. Wenn ich spät nach Hause kam und zu Abend aß, berichtete meine Frau eingehend darüber. – *Heute hat er von dem und dem soundsoviel gegessen. – Heute hat er einen ganzen Knabenfest-Reiskuchen im Eichenblatt gegessen, den Tamako gekauft hat* (das war im Mai). – *Heute hat er alles wieder erbrochen, was er zu sich genommen hat. – Gestern erbrach er etwas Gelbes, fast nur Flüssigkeit. – Gestern brachte er nicht einmal Bananen hinunter, die er bisher gut essen konnte . . .* Und tatsächlich hatte ich nachts mehrmals das Stöhnen meines Vaters im „Haus drüben" gehört, als er sich übergeben mußte. Er hielt sich lange über die Waschschüssel an seinem Kopfende gebeugt, und obwohl es nichts zu erbrechen gab, hörte ich ihn aus Leibeskräften würgen. Sicher konnte auch meine Mutter die ganze Nacht nicht schlafen.

Die tragische Sprechweise meiner Frau regte mich auf, und ich schaltete auf stur. *Das weiß ich doch alles. Das weiß ich bis zum Überdruß. Aber das Problem ist, daß das Wissen allein nichts nützt und daß ich trotzdem keine Lust habe, Vater zu besuchen.*

Natürlich hatte ich Angst, ihn zu sehen. Aber das war nur einer der Gründe. Denn auch früher hatte ich sehr selten an Sonn- und Feiertagen im „Haus drüben" vorbeigeschaut, um mit ihm ein paar belanglose Worte zu wechseln. Seit ich verheiratet war und Kinder hatte, waren Vater und ich nie mehr ins Gespräch gekommen. Einerseits blieb ich herzlos, andererseits beharrte ich auf der einzigen Ausrede, die ich hatte: daß doch alles wie bisher verlaufen solle.

Wenn ein gleichgültiger Sohn, der normalerweise nie nach dem Befinden des Vaters fragt, auf einmal furchtbar häufig morgens und abends auftauchen würde, das wäre verdächtig. Bei den unvermeidlichen Treffen mußte ich ein Gesicht machen, als wollte ich sagen: Ich habe auch von dieser Röntgengeschichte gehört, aber das ist eine ganz normale Magenkrankheit, bald wirst du wieder gesund sein! Das war meine Strategie, die ich einhalten mußte. Sie galt auch für die anderen. Meine Mutter bemühte sich sogar, vor ihrem Mann Späße zu machen und unbefangen zu lachen, und Tamako tröstete den Kranken mit harmlosen Worten, wenn sie bei ihm war. Wir lehnten alle Krankenbesuche von Verwandten oder alten Klassenkameraden der Kadettenschule ab. Und wenn jemand nicht abzuwimmeln war, besprachen wir uns vorher mit ihm und baten ihn, vor dem Kranken so gut wie möglich Theater zu spielen.

Trotz alledem brachte ich, der Sohn, es fertig, mitten in dieser Nacht meine Stereoanlage wieder auf Hochtouren laufen zu lassen. Auch wenn ich betrunken nach Hause kam, griff ich aus Gewohnheit oft wahllos nach einer Schallplatte, legte sie auf und döste auf dem Liegestuhl vor mich hin. Die Lautsprecher standen ausgerechnet an der Wand, hinter der sich gleich Vaters Schlafzimmer befand. Vielleicht erbricht er heute nacht auch wieder alles, was er mit Mühe gegessen hat, ging mir durch den Kopf. Das war mir zur Genüge bewußt. Mein Vater dachte vielleicht insgeheim, sein Sohn könne sich doch nicht der Musik hingeben, wenn er im Sterben läge.

Sicher wurde die Musik durch Wand und Wandschrank weitergeleitet und klang bis an sein Kopfende, wenn auch ganz leise. Natürlich hörte ich nicht nur heitere, sondern auch traurige Musikstücke. Da ich weder Heiterkeit noch Trauer empfand, war es mir völlig gleichgültig, welche Platte ich auflegte. Eines Abends bemerkte ich plötzlich, daß der Chor, dem ich gerade gedankenverloren zuhörte, ein Requiem sang, und ich wurde hellwach. Ich ließ die Platte aber noch eine Weile laufen, weil ich zu bequem war, auszuschalten. In meinem durch Alkohol benebelten Gehirn spukten ständig die Worte herum: Requiem – für die Toten. Obwohl ich durchaus keinen Unfug treiben wollte, wurde mir damals doch angst vor dem, was ich tat. Angst vor dem, was ich seit jenem Tag im April getrieben hatte, angst sozusagen davor, daß ich in meinem Leben fortwährend einer Lüge folgte, von der ich nicht wußte, welche Ausmaße sie noch annehmen würde.

„Da kannst du in aller Seelenruhe Platten hören, wenn dein Vater im Sterben liegt", kritisierte mich Tamako manchmal und ging darauf empört ins Bett. Ich hörte jedoch trotzig weiter Musik. *Was sagst du denn da? Es ist schließlich mein Vater, der im Sterben liegt. Ich bin sein Sohn! Was weißt du schon als Fremde.* Vielleicht wollte ich ihr damit zeigen, daß ich auf keinen Fall vorhatte, meiner familiären Pflicht nachzukommen. Aber wegen dieses einen Satzes, den sie zu mir gesagt hatte, konnte ich mich nicht mehr in Ruhe auf die Musik konzentrieren. Ich fühlte schon, daß alle meine Behauptungen nur schwache Ausreden waren. Ich hatte ein schlechtes Gewissen und weigerte mich trotzdem starrsinnig, meine Fehler zuzugeben. Eine Stimme in mir wurde laut: *Du tust für deinen eigenen Vater ja nicht einmal ein Zehntel von dem, was Tamako als Fremde für ihn tut. Obwohl es schon so weit gekommen ist, kannst du deinem Vater auf dem Krankenlager nicht mehr ruhigen Gewissens in die Augen sehen, und welche Ausflüchte du auch finden magst, am Ende wirst du doch für deine ständige Herzlosigkeit bestraft werden!* Nachdem Tamako nun tatsächlich wieder bemäkelt hatte, daß ich Musik hörte, fürchtete ich mich auf einmal davor, die Platte anzuhalten. Denn wenn ich zum „Haus drüben" hinüberlauschen würde, wäre sicher wieder Vaters kraftloses Räuspern und das Stöhnen beim Erbrechen zu hören, wie wenn er meiner Frau recht geben wollte.

Als ich am nächsten Morgen aufstand, war mein Vater in Mutters Begleitung zu seinem geliebten Militärarzt gegangen. Nur zur Beruhigung bekam er dort alle zwei Tage eine Vitaminspritze. Dabei hatte der Arzt vorgeschlagen, ihm ein Medikament zum Einnehmen zu geben, damit er nicht mehr in die Sprechstunde kommen müsse. Sicher war ihm dieser Patient extrem lästig, bei dem er selbst eine Fehldiagnose gestellt hatte. Aber da er sich weigerte, bei ihm Hausbesuche zu machen, konnte er den dringenden Wunsch des Kranken, zu ihm in die Praxis kommen zu dürfen, nicht auch noch abschlagen. Nach wie vor glaubte mein Vater, daß allein dieser ehemalige Marinearzt ihn retten könne.

Tamako brachte meine Eltern gewöhnlich mit dem Auto in die Sprechstunde, kam kurz nach Hause zurück und, ungefähr abschätzend, wann Vater wohl an die Reihe kommen würde, holte sie dann wieder ab. Bisher hatte ich auch diese Aufgabe meiner Frau überlassen.

„Es wäre nett, wenn du sie heute mal abholen würdest. Da freut sich Opa bestimmt", sagte sie zu mir, nachdem sie die beiden zum Arzt gefahren hatte. „Du könntest dich mal wieder mit ihm unterhalten. Und wenn du das nicht willst, dann reicht es doch, wenn du ihn fragst, wie es ihm geht, oder?" Ich nahm brav den Autoschlüssel von ihr entgegen und startete stumm den Motor. Seit dem Abend zuvor ließ ich mich ständig von ihr herumkommandieren. Gerade als ich aus der Garage herausfuhr, waren ganz weit hinten auf dem Weg meine Eltern zu erkennen. Mein Vater trug einen dunklen Hauskimono und stützte sich auf einen Stock. Nach ein paar Schritten blieb er stehen, ging wieder zwei, drei Schritte und blieb erneut stehen. Ganz langsam bewegte er sich vorwärts. Meine Mutter beaufsichtigte ihn von der Seite und paßte ihren Schritt seinem Tempo an. Manchmal wandte sie sich nach ihm um und sah in sein Gesicht. Sicher würde er gleich wieder stehenbleiben. Es wirkte so, als würde sie Vater wie einen marschierenden Soldaten kommandieren und anfeuern.

Ich stellte das Auto am Straßenrand ab, stieg aus und wartete, bis die beiden näher kamen. Dabei tat ich so, als stünde ich aus irgendeinem anderen Grund dort. Diese wenigen Minuten erschienen mir unerträglich lang. Ich war wirklich entsetzt. Während ich mit halb zu Boden gesenktem Blick auf Vater wartete, dachte ich, das ist ja schrecklich! Wie dumm ich war! Tamako hat recht. Seit ich ihn das letzte Mal gesehen hatte, war er furchtbar abgemagert. Er ging am Stock, und sein bleiches Gesicht schien das eines Toten zu sein, der auf dieser Erde herumwandelt. Ich hatte keine Ahnung gehabt, daß ihm das Laufen schon so schwerfiel.

Erst etwa fünf Meter vor mir bemerkte er mich. Er machte ein leicht erstauntes Gesicht, als wolle er sagen: Was, du? Aber ich weiß nicht, ob ich diesen Ausdruck richtig deutete, denn er brauchte all seine Kraft zum Gehen. Er sah sehr unordentlich aus. Sein Kimono klaffte an der Brust und am Saum etwas auf, und er war ganz außer Atem. Meine Mutter hatte mich schon früher entdeckt. Sie versuchte, mir komplizenhaft zuzuzwinkern, aber sie wirkte dabei sehr geistesabwesend.

Ich wollte meinen Vater anlächeln, wendete aber den

Blick gleich wieder ab. Mir war nicht danach zumute, und wenn ich mir trotzdem ein Lächeln abgerungen hätte, so wäre mein Gesicht bestimmt zu einer Grimasse erstarrt. „Ich wollte euch gerade abholen." Endlich brachte ich etwas heraus.

„Ja." Mit seinem bleichen Gesicht und den seltsam gelblich verfärbten Augen blickte er mich lächelnd an, drehte sich zu Mutter um und sagte: „Wir waren heute schneller fertig, deshalb sind wir zu Fuß gekommen."

„Wie geht es dir denn?" fragte ich mit möglichst gelassener Miene.

„Na ja, ich habe nur eine einfache Spritze bekommen, aber danach, schau mal, meine Hände...", erwiderte Vater und zeigte mir eine Hand, die er geöffnet gegen die Sonne hielt. Vielleicht weil er damit die ganze Zeit den Stock umklammert hatte, zitterte sie wie Espenlaub. „Sie werden ganz rot."

Er starrte auf seine Handfläche, als hätte er eine große Entdeckung gemacht, und starrte dann auf die gleiche Weise mich an. Tatsächlich war sie leicht blutfarben getönt. Die Handfläche meines Vaters, die ich seit meiner Kindheit kannte. Sie hatte Brandnarben, weil er leicht fröstelte und sich oft am Kohlenbecken festhielt. Der sehnige Handrücken mit den braunen Flecken, diese Hand, die mich immer an einen Tennisschläger erinnert hatte.

Ich betrachtete seine Handfläche und nickte ihm ermunternd zu. Wenn nach der Spritze für eine Weile die Hände wieder durchblutet wurden, war das sicher einer blutbildenden Substanz zu verdanken. Aber was nützte diese Rotfärbung? Der Krebs verschlang täglich doch sicher die vielfache Menge des Blutes, das durch die Spritze neu gebildet wurde.

„Wenn ich jetzt allmählich wieder zu Kräften komme, dann ist es gut. Ich habe ja nicht irgendeine schlimme

Krankheit." Wie gewöhnlich spuckte er große Töne, um sich selbst Mut zu machen. Er sah wieder zu seiner Frau, die immer noch ein nichtssagendes Lächeln zur Schau trug.

Bildete ich mir das vielleicht nur ein? Selbst jetzt schien es mir, daß Vater auf sein Unglück gefaßt war und das Theater nur mitspielte. (Es nützt nichts, wenn ihr unter einer Decke steckt und versucht, mich zu täuschen! Ihr verheimlicht mir den Namen der Krankheit, besprecht euch verstohlen, damit ich nichts höre, und schreibt euch Briefe mit Geheimzeichen! Es ist lächerlich, daß ihr mich so hinters Licht führen wollt!)

Er starrte wieder in mein Gesicht, in das Gesicht seines Sohnes, den er schon so lange nicht mehr gesehen hatte, und dieser irgendwie traurige Blick verfolgte mich noch den ganzen Tag lang. Jetzt begriff ich zum erstenmal wirklich, daß es mit meinem Vater zu Ende ging. Das war nun keine bloße Vorstellung mehr, sondern ich konnte es an seinem im Verfall begriffenen Körper sehen. Krebstod – oft genug hatten wir zu hören bekommen, daß die Familie es nicht mehr aushalten würde, wenn der Kranke ins letzte Stadium gekommen ist. Würde Vater schrecklich leiden? Was für eine Kampfszene würde uns erwarten? Gab es nicht auch Kranke, die sich von ihren Frauen oder Söhnen töten lassen wollten, weil sich ihr Leiden immer mehr verschlimmerte und der erlösende Tod so lange ausblieb? Würde auch meinem Vater ein solch qualvolles Sterben nicht erspart bleiben?

Wir mußten diesen starrköpfigen Kranken dazu überreden, sich in ein vertrauenswürdiges Krankenhaus bringen zu lassen. Ich begriff, daß dies auf jeden Fall unsere nächste Aufgabe sein würde. Bisher hatten wir immer nur daran gedacht, ihm die Krankheit zu verheimlichen. Aber inzwischen war es unmenschlich, gleichgültig zuzusehen, wie er sich immer wieder aufraffte und das Gehen übte. Und tatsächlich hatte er nach einigen Tagen keine Kraft mehr, in die Sprechstunde zu gehen, und verzichtete von sich aus darauf.

KAPITEL 2

Am Vorabend des Tages, an dem mein Vater endlich ins Krankenhaus gebracht werden sollte, machte ich früher mit der Arbeit Schluß. Als ich nach Hause kam, stand die Tür zwischen unserem und dem „Haus drüben" sperrangelweit offen. Normalerweise war sie immer geschlossen, unter anderem auch, damit Vater uns nicht belauschen konnte. Tamako half gerade im Zimmer neben Vaters Krankenlager meiner Mutter dabei, seine Habseligkeiten und Kleider in einen alten Koffer zu packen. Sie begrüßten mich nicht einmal, und ich merkte, daß alle in einer außergewöhnlichen Verfassung waren. Ryoji war ebenfalls da, er saß untätig vor dem Fernseher im Wohnzimmer und nickte mir nur kurz zu.

Auch an diesem Abend brannte im Krankenzimmer keine Lampe, da Vater lichtempfindlich geworden war. Im Halbdunkel konnte ich erkennen, wie er ausgestreckt in seinem Schlafanzug dalag. Ich stellte mich an sein Fußende, und er sah verlegen lächelnd zu mir hoch.

„Morgen begleite ich dich", sagte ich zu ihm trocken, ja fast etwas schroff. Sonst brachte ich nichts über die Lippen. „Du brauchst nicht extra mitzukommen", entgegnete er und lächelte ablehnend, als wolle er sagen, ich solle mir keine unnötigen Gedanken um solche Kleinigkeiten machen.

Es erleichterte die Sache, daß er sich gegen die Einlieferung ins Krankenhaus nicht mehr sträubte. Die Situation war trotzdem unangenehm, denn höchstwahrscheinlich hatte er uns etwas vorgespielt. Er schien zu denken: Obwohl ich nicht damit einverstanden bin, gehe ich doch ins Krankenhaus, denn ihr wollt es ja unbedingt, ihr Unverbesserlichen. Da er nie ernsthaft krank gewesen war, hatte er natürlich noch keine Erfahrung mit Krankenhäusern. Ich merkte, daß er sich sehr davor fürchtete.

„Tamako war gestern einmal dort, sie meinte, es sei ein großes, gutes Krankenhaus." Damit wollte ich ihn beruhigen, obwohl ich selbst nie in diesem Zentralkrankenhaus in Ofuna gewesen war und mir das Gebäude nur vorstellen konnte. Angeblich hatte sich Ryoji heute das Krankenzimmer für Vater zeigen lassen. Es war tatsächlich eine größere, in der Gegend sehr gefragte Klinik.

„Er ist ja auch ein Mann von der Marine, der Krankenhausleiter Ariga, ein Militärchefarzt. Kaneko kennt ihn gut." Plötzlich sprach er in einem vertrauensvollen Ton, wie immer, wenn von Leuten der Marine die Rede war. Kaneko war ein Vizeadmiral aus dem gleichen Jahrgang der Kadettenschule, der in der Nähe wohnte. Eigentlich war es ihm zu verdanken, daß Vater nun ins Krankenhaus ging. Nach heimlicher Absprache mit Mutter hatte sich Kaneko immer wieder zum Krankenhaus bemüht, um alles zu organisieren. Er hatte auf Vater beruhigend eingesprochen und von Fällen erzählt, in denen todkranke Kameraden von guten Ärzten gerettet werden konnten. „Wie wär's, Ino? Faß dir ein Herz und geh ins Krankenhaus. Du kannst dann beruhigt sein, wenn du dich von Ariga mal gründlich untersuchen läßt. Er ist sehr geschickt und reich an Erfahrung, und er will das jetzt in die Hand nehmen." Dann wandte er sich an meine Mutter, und obwohl er in alles eingeweiht war, tat er so, als würde er es ihr zum erstenmal empfehlen:

„Nicht wahr, Frau Ino, das wäre doch eine Lösung." Seitdem änderte mein Vater, der uns mit seiner Hartnäckigkeit sehr zugesetzt hatte, nach und nach seine Meinung und hörte schließlich auf den Rat seines Kameraden. Es war das letzte Geschenk Kanekos nach fünfzig Jahren Kameradschaft, daß er ihm einen Platz zum Sterben besorgte.

Mir fiel nichts mehr ein, was ich zu Vater noch hätte sagen können, und so stand ich hilflos an seinem Fußende. Brust und Bauch des Kranken waren flach wie ein Brett geworden. Fröstelnd rückte er immer wieder den Kragen seines viel zu groß gewordenen Schlafanzugs zurecht, während ich bei dieser Hitze stark schwitzte, obwohl ich nur mit einem Unterhemd und einer kurzen Hose bekleidet war. Seine Füße, die unten aus der Kleidung herausragten, waren am Fußrücken grotesk geschwollen und wirkten irgendwie deformiert.

„Wegen des Geldes brauchst du dir keine Sorgen zu machen, das haben wir alles geregelt", sagte ich nach einer Weile. Gleich nachdem seine Einlieferung ins Krankenhaus beschlossen worden war, hätte er sich unter Tränen vielmals entschuldigt, erfuhr ich von Tamako. Daran erinnerte ich mich jetzt und wollte ihn deshalb in dieser Hinsicht beruhigen. Tamako hatte damals vorwurfsvoll zu mir und Mutter gesagt: „Da habt ihr's! Opa wollte in Wirklichkeit von sich aus schon viel früher in ein gutes Krankenhaus gehen. Trotzdem hat er sich zurückgehalten und es nicht fertiggebracht, uns das zu sagen."

„Ach was", erwiderte Vater jetzt verlegen und schaute mich unruhig mit seinen eingefallenen Augen an. „Es steht mir ja nicht zu, in ein so erstklassiges Krankenhaus wie St. Lukas oder die Keio-Universitätsklinik zu gehen. Außerdem komme ich gar nicht mehr so weit in meinem Zustand. Die Klinik in Ofuna ist gerade richtig", meinte er und sah resigniert zu mir auf, so als wolle er die Unfähigkeit seiner beiden Söhne noch in Schutz nehmen. Es hörte sich aber auch so an, als würde er sich mit diesem Krankenhaus nur deshalb zufriedengeben, weil wir eben nicht mehr Geld hatten.

Wir standen finanziell wirklich nicht allzu gut da. Trotzdem hätten wir alles dafür getan, Vaters dringende Wünsche zu erfüllen, selbst wenn wir uns sicher gewesen wären, daß sich am Ergebnis nichts geändert hätte. Auf jeden Fall wollte ich jetzt nicht denken, unsere Armut wäre schuld daran, daß es für Vater nun zu spät war. Auch nicht, daß wir ihn aus Unfähigkeit dem Schicksal überlassen hätten. Geld – gerade das hatten sowohl Vater als auch ich nie wichtig genommen. Stand es Vater nicht in jeder Hinsicht zu, in einem erstklassigen Krankenhaus bis zu seinem Tod anständig gepflegt zu werden? Nachdem er, als geschlagener Soldat zurückgekehrt, von seinem geliebten Vaterland all seiner Ränge und Orden beraubt worden war, konnte ihm doch jetzt niemand mehr das Recht auf Leben streitig machen.

Ich war nicht so egoistisch zu denken, Vater wäre besser im Krieg gestorben. Es ging auch nicht an, ihn so sehr zu demütigen. Wie war es nur möglich, daß ich mich im tiefsten Innern für ihn, der Schande ertragen konnte, schämte? Ich mußte aber zugeben, daß ich diesem unvorbildlichen Menschen manchmal sogar hatte nacheifern wollen. Letzten Endes wurde mir bewußt, daß ich mich sowohl daheim als auch außer Haus, wohin ich auch ging, genau wie mein Vater verhielt – ob ich wollte oder nicht.

In den letzten zwanzig, dreißig Jahren hat er dennoch alles mögliche getan. Dieser eine Gedanke fuhr mir jetzt wie eine Gewehrkugel durch den Kopf, als ich auf den niedergestreckten, mumiengleichen Alten hinabblickte, der zu meinen Füßen lag. „Ein nutzlos gewordener Soldat!" Trotz Mutters scharfer Kritik, die wir uns immer wieder anhören mußten, war es doch der Existenz dieses hilflosen Alten zu verdanken, daß wir bis heute die ganze Familie hatten aufrechterhalten können.

Obwohl ich noch ein Kind war, glaubte ich damals doch von Mann zu Mann die Schmach einigermaßen zu verstehen, die mein Vater hatte erdulden müssen. Oft war ich mit ihm herumgezogen, mit ihm, der aus den öffentlichen Ämtern gewiesen worden war und weder Arbeit noch Lebensgrundlage hatte. Nach der Niederlage teilten die Soldaten alle ein ähnliches Schicksal. Mutters Aufgabe war es, Kleider und andere Sachen ins Pfandhaus zu bringen. Einmal geschah es, daß Vater und ich losgingen, um unser bestes, für Gäste vorbehaltenes Moskitonetz zu verkaufen. Als der Ladeninhaber mit Taktik um den Verkaufspreis feilschte, wurde mein nichtsahnender Vater ärgerlich und verriet dadurch seine Unerfahrenheit im Handeln. Es endete damit, daß seine Schwäche ausgenützt wurde. Zu allem Überfluß hatte er sich vor mir, seinem Sohn, blamiert. Dann begann er zusammen mit Arbeitslosen zweifelhafter Herkunft irgendwelche „Unternehmen", beispielsweise planten sie eine Brotfabrik oder einen Vergnügungspark für Kinder. Er nahm mich oft zu ihren Treffen oder zu Vorbesichtigungen von künftigen Standorten mit. Aber es lief immer darauf hinaus, daß die Lage mit wachsender Begeisterung bedrohlich wurde und sich die angefangene Sache in Wohlgefallen auflöste, nachdem er sein letztes Geld ausgegeben hatte.

Damals blühte überall der Schwarzmarkt. Trotzdem konnte Vater für mich nicht einmal ein einziges Bonbon kaufen, geschweige denn, mir Taschengeld geben. Es lag nicht daran, daß Mutter schimpfte, wenn er verschwenderisch war, sondern wir standen einfach vor dem Problem, nicht genügend zu essen zu haben. Ich grollte Vater deswegen nicht und war sogar einsichtig. Vage begann mein kindliches Gemüt zu spüren, daß mein Vater nirgends in das Gefüge dieser Welt aufgenommen wurde. Außerdem bekam ich allmählich fast ein schlechtes Gewissen, daß es Mutter und uns noch vor aller Augen gutging, während Vater selbst die Lebensgrundlage entzogen worden war.

Es ging noch einigermaßen, solange wir vom Verkauf unseres Besitzes leben konnten. Bald hatten wir jedoch nichts mehr, was wir hätten zu Geld machen können, und eines Tages kam Vater auf die Idee, Reiskekse zu backen und sie von Mutter verkaufen zu lassen. Das war allerdings ein typisches, zum Scheitern verurteiltes „Geschäft eines Kriegers", der keine Ahnung vom Handel hat. Und weil er nicht an die Materialkosten und dergleichen gedacht hatte, brachte er zwar leckere Kekse zustande, aber der Gewinn blieb aus. Zuletzt hatten wir wirklich nichts mehr zu essen, und meine Mutter entschloß sich, eine Stelle als Kellnerin in einem Kurhotel in Hakone anzutreten, die ihr Bekannte vermittelt hatten. Sie kam dann eine Zeitlang allerdings nur noch einmal pro Woche abends nach Hause. Für die hochmütige und geltungsbedürftige Gattin eines Kapitäns zur See war das eine beachtliche Leistung. Aber Vater hätte bestimmt nie gedacht, daß seine Frau sich einmal bis zur Arbeit einer Kellnerin herablassen würde. Bis dahin hatte er immer nur irgendwelche Ideen gehabt und überhaupt nicht zum Arbeiten gehen wollen, aber jetzt war er tief betroffen. Endlich raffte er sich auf und ging auf Stellensuche. Jedoch wohin er auch kam, es dauerte nie lange, bis er ein Kündigungsgesuch einreichte und die Arbeit wieder abbrach. Alle guten Angebote zerschlugen sich, und schließlich geriet er in die mißliche Lage, als Kassierer von Ratensparbeträgen arbeiten zu müssen. Das war ein harter Job, denn er konnte weder bei Regen noch bei sengender Hitze aussetzen. An seinem einzigen Paar Schuhe konnte man sehen, wieviel er täglich zu Fuß gehen mußte: So oft er sie auch neu besohlen ließ, nach kurzer Zeit hatten die Sohlen wieder ein Loch. Es erging ihm auch ähnlich, als er ein anderes Mal als Verkäufer von Handschubkarren arbeitete. Mit Hilfe einer Namensliste der ehemaligen Marine besuchte er Leute, die Bedarf zu haben schienen oder ihn eventuell weiterempfehlen würden. Aber trotz seiner Bemühungen konnte er nur sehr wenige Schubkarren verkaufen. Da er am Taxigeld, ja selbst am Fahrgeld für Bahn und Bus sparen mußte, ging er überallhin zu Fuß. So kam er mit einem Stadtplan in ganz Tokio herum, das sich seit der Vorkriegszeit vollkommen verändert hatte. Der Plan, den er immer dabeigehabt hatte, war von Schweiß und Schmierflecken ganz schwarz geworden, und die Orte, an denen er war, hatte er rot markiert und mit Notizen versehen.

Bei uns wohnten nun ständig mindestens drei Untermieter, und Mutter betätigte sich jeden Tag fleißig als Köchin. Mein Zimmer war mir auch weggenommen worden, und ich wurde in die nach Norden gerichtete Dienstmädchenkammer verbannt. Auf dem Flur konnte man jederzeit auf einen Untermieter stoßen. Als im Sommer zwei Monate lang das beste Zimmer an eine Studentengruppe vermietet wurde, steckte ich gerade mitten in Prüfungsvorbereitungen. Sie sangen und lärmten zu jeder Tages- und Nachtzeit. Studentinnen kamen zu Besuch, lungerten herum und rauchten. Mir blieb nichts anderes übrig, als einen zähneknirschenden Seitenblick auf sie zu werfen . . . Mit der Zeit war der Gesundheitszustand meines Vaters durch die Herumlauferei bedenklich geworden. Da begann er mit einem Übersetzerjob für die Selbstverteidigungs-Streitkräfte zur See. Ein alter Kamerad hatte ihm diese Arbeit vermittelt, die ihm hin und wieder etwas Geld einbrachte. Er kam also – wenn auch spät – auf die Idee, von seinen Englischkenntnissen Gebrauch zu machen, mit denen er sich schon in seiner Jugend ein wenig gerühmt hatte. Ich hätte allerdings nie gedacht, daß er sich um die Arbeit eines Dolmetschers bewerben würde. Denn wenn es ihm auch Spaß machte, englische Bücher zu lesen, so war seine Aussprache, die auf den altertümlichen Unterrichtsmethoden beruhte, doch miserabel. Als er von dieser Stelle für einen japanischen Dolmetscher gehört hatte, die vom Stützpunkt der US-Army in Takeyama auf der Miura-Halbinsel ausgeschrieben war, wollte er sich trotzdem der Prüfung unterziehen. Er war rührend, wie er bis zum Tag des Vorstellungsgesprächs paukte. Er wurde wieder zum Schüler und kaufte sich Lehrbücher: „Japanese-English Translation" und „Expressions for English Conversation" und „American Idioms". Eifrig war er ins Lesen vertieft, murmelte manchmal vor sich hin, unterstrich die wichtigen Passagen rot oder blau und versuchte, alles auswendig zu lernen. Am Tag der Prüfung brach er frühmorgens auf, mit Verpflegung für unterwegs. Abends kam er zurück und sagte: „Es ist schiefgegangen." Er war mit vielen anderen Arbeitslosen, die auch von der Ausschreibung gehört und sich versammelt hatten, in einem Planenlastwagen der US-Army zu dem noch ein gutes Stück weit entfernten Stützpunkt gebracht worden, wo die Prüfung stattfinden sollte. Aber der Prüfer hatte so fürchterlich schnell drauflos geredet, daß er überhaupt nicht verstand, was er gefragt wurde, und kein einziges Wort entgegnen konnte.

Vater lächelte bitter, als würde er eine törichte Geschichte kundtun. Während ich ihm zuhörte, konnte ich mir jedoch die harte Demütigung gut vorstellen, die er über sich hatte ergehen lassen müssen. Es ging mir nicht darum, daß seine sprachlichen Fähigkeiten, auf die er bisher stolz gewesen war, sich als unzureichend erwiesen hatten. Als er an diesem Tag mit wildfremden Männern im Lastwagen an einen unbekannten Ort gebracht wurde, als ihm von dem Prüfer, einem US-Soldaten, mitgeteilt wurde, er hätte nicht bestanden, erinnerte er sich bestimmt an das traumatische Erlebnis vor mehr als zehn Jahren, wo er als Angeklagter vor das Gericht der Besatzungsarmee gestellt worden war ... Warum nur hatte er ausgerechnet Hoffnungen in diesen Dolmetscherjob bei der US-Army gesetzt? Wozu hatte er sich mehrere Wochen darauf vorbereitet, nur um eine solche Schmach zu erleiden? Dies ging mir später noch lange im Kopf herum, so als hätte ich selbst einen Fehler begangen. Trotzdem waren alle seine Unternehmungen für unseren Überlebenskampf irgendwie wichtig gewesen.

Auf der anderen Seite blieb ich nicht ewig ein Schulkind imperialistischen Geistes, das auf seinen Vater blindlings stolz war. In der Zeit als Mittel- und Oberschüler, als Student und auch jetzt als Angestellter hatte ich immer irgendwo in meinem Herzen zu verheimlichen versucht, daß ich Sohn eines Soldaten bin. Ich sah Vater sozusagen mit den Augen der Öffentlichkeit. So betrachtet, war dieser Alte nur ein rüstiger Greis, der den Krieg und die Nachkriegszeit überlebt hatte und in Schande vor seiner Frau und seinen Kindern müßig dahinlebte, bis er womöglich an Krebs krepieren würde. Wer von seinen älteren und gleichaltrigen Kameraden, wer von seinen tausendmal, ja, zehntausendmal so vielen Untergeordneten konnte in einem Bett, geschweige denn im St.-Lukas-Krankenhaus oder in der Keio-Klinik sterben? Ein Soldat, der zahlreiche Untergebene in den Tod geschickt hatte, aber selbst ohne den kleinsten Kratzer zurückgekehrt war, der war ein streunender Hund, eine hungernde Ratte, ein Parasit, der rasch vertilgt werden mußte ... Wenn ich fühlte, daß dies Vater aus allen

Richtungen zugerufen wurde, kam ich mir selbst irgendwie vor wie einer von denen, die ihn bloßstellen wollten.

Immer noch flüsterten meine Mutter und Tamako im Nebenzimmer gedämpft miteinander und packten die auf dem Boden ausgebreiteten Kleidungsstücke Vaters in den Koffer. Bei genauerem Hinsehen erledigte meine Frau allein mit flinken Händen die Arbeit, während Mutter untätig inmitten der Wäsche saß. Sie schien vollkommen davon erschöpft zu sein, Vater Tag für Tag hinters Licht führen zu müssen.

Bald darauf kam Ryoji aus dem Wohnzimmer. Er beobachtete eine Weile die Vorbereitungen der Frauen, näherte sich dann aber langsam Vater und mir. Er wiederholte das, was er wohl zu Vater schon gesagt hatte: „Heute war ich dort. Den Krankenhausleiter habe ich auch getroffen und ihn gebeten, für Vater das Bestmögliche zu tun." Dann wollte er wieder nach drüben gehen, wandte sich aber noch einmal zögernd um: „Ich . . . ich gehe heute abend zurück, morgen muß ich früh auf eine Dienstreise. Kann also nicht mit zum Krankenhaus kommen. Bitte, mach du das."

Er lächelte gezwungen, als er möglichst unbefangen mit mir sprach. Offensichtlich rechnete er damit, daß ihm Vater zuhörte. Scheinbar wollte er vom Mitgehen entschuldigt sein, weil man ja schließlich nicht soviel Aufhebens darum zu machen brauchte. Ryoji, der noch weniger redegewandt war als ich, hatte selbst an diesem Abend kaum etwas über die Lippen gebracht. Wie unbefriedigt mußte er jetzt innerlich sein, wenn er sich resigniert auf den Heimweg machte!

„Schon gut, ich gehe mit." Vater, der unseren Wortwechsel mitbekommen hatte, sagte zum zweiten Mal: „Nein, keiner braucht mitzugehen, ich gehe allein." Er versuchte dabei zu lachen, wie um sich selbst Mut zu machen, aber sein Lachen klang einsam und traurig, als hätte man ihn im Dunkeln alleine gelassen.

Tamako schien uns durch die geöffnete Tür von nebenan zuzuhören. Manchmal blickte sie auf, mir ins Gesicht, aber ich zeigte keine Gefühlsregung. Sie fand darin keinen Halt, und unzufrieden wandte sie sich wieder ihrer Arbeit zu. Wahrscheinlich wollte sie mich darauf aufmerksam machen, daß heute abend nur ich allein auf den Kranken keinerlei Rücksicht nahm und unbekümmert lachte, daß ich zu barsch mit ihm redete. *Warum will sie mich tadeln? Etwa, weil ich kaum ein tröstendes Wort für Vater finde?*

Aber in Wirklichkeit konnte ich es nicht einmal ertragen, den alten Koffer Vaters vor ihren Knien aufgeklappt zu sehen. *Warum holt sie ausgerechnet jetzt so etwas hervor?* Doch natürlich hatte sie keine andere Wahl, denn in der Nachkriegszeit hatten wir sogar unsere Koffer zum Überleben verkaufen müssen, und nur dieser eine war übriggeblieben. Vater hatte ihn sicher vor dem Krieg machen lassen – aus Leder, wofür er eine große Vorliebe hatte. Der Koffer war verknüpft mit Erinnerungen an die wenigen Reisen, die ich als Kind mit meinen Eltern gemacht hatte. Nach Beppu und Unzen im Süden ... oder in ländliche Badeorte in Shinshu und Tohoku, deren Namen ich schon vergessen hatte ... oder nach Norden, Sapporo und Otaru ... immer war dieser Koffer dabeigewesen. Er erinnerte mich daran, wie Vater überall, wo wir übernachteten, mit Genuß bis zum Hals im heißen Wasser der großen Hotelbadewannen saß. Auch an mich selbst, wie ich zusammen mit ihm badete. Er goß mir immer heißes Wasser über den Kopf, was ich nicht mochte, und wusch mich mit ruppigen Handbewegungen.

Wann hatte ich die letzte Reise mit ihm gemacht?

Kurz nach dem Überraschungsangriff auf Pearl Harbor war er schon in Manila gewesen. Dort machte er Jagd auf Zigarren und Pfeifentabak von guter Qualität, aber an uns schickte er kaum einmal ein Lebenszeichen. Damals wohnte er in einem eleganten Haus mit Dienstpersonal, das von Amerikanern beschlagnahmt worden war. Ab und zu vertrieb er sich die Zeit damit, in einer nahe gelegenen Halle vor Filipinos mit heiserer Stimme Reden zu schwingen, um ihren Kampfgeist anzufeuern. Das muß seine beste Zeit als Berufssoldat gewesen sein. Dem Krieg hatte er es zu verdanken, daß er zum Kapitän zur See aufstieg, und bald wurde er auch ins Vaterland zurückgeschickt. Er brachte einen Berg von Tabak mit – Navy Cut und Corona Corona –, und fast sah es so aus, als wäre er nur dafür in den Krieg gezogen. Mutter und ich fuhren nach Moji, um ihn abzuholen. Frühmorgens schon warteten wir am Hafen, bis eine Barkasse ihn an Land brachte. Wir waren in einem hellen Gebäude mit viel Glas, wohl im Zollamt. Dann kam er mit großen Schritten vom Kai her auf uns zu. Von der tropischen Sonne braungebrannt, sah er sehr gesund aus. Doch er trug nicht, wie ich erwartet hatte, seine Uniform, sondern einen dunkelblauen Zivilanzug. Am Kragen war ein informelles, von rotem Samt eingefaßtes Ankerabzeichen befestigt. Als wir darauf zu dritt nebeneinander durch die Stadt gingen, machte Mutter ein überglückliches Gesicht. Sie schien um Jahre jünger geworden zu sein, während sie mit vergnügter Stimme erzählte, was in seiner Abwesenheit alles geschehen war. Vater war sehr nett zu mir. Beim Abendessen gab es Austern, und er erzählte, daß solche Muscheln auch massenweise am Bauch seines Kriegsschiffs geklebt hätten. Er hatte nur ein paar Tage Urlaub, und auch damals war der Koffer dabeigewesen ...

Vater sollte also am nächsten Tag mit diesem Koffer,

an dem so viele Erinnerungen hingen, zum Sterben ins Krankenhaus gebracht werden.

Gegen acht Uhr morgens kam der ehemalige Militärarzt Kida, um dem Kranken eine Kampferspritze zu geben. Vom Bett aus hörte ich, wie sein Auto vor dem Haus anhielt, wie er mit einer Krankenschwester hinein- und wieder eilig hinausging. „Jetzt ist es höchste Zeit! Wenn man ihn noch länger zu Hause läßt, könnte er nicht einmal mehr nach Ofuna gebracht werden", drängte Kida seit vier, fünf Tagen. Jetzt war er sicher erleichtert, den lästigen Kranken endlich losgeworden zu sein. Ich stand langsam auf.

Draußen brannte schon die Sonne. Ich ging auf die Straße vor das Tor, wo Tamako und Mutter, die früh aufgestanden waren, bereits gefegt und Wasser gesprengt hatten. Der Krankenwagen sollte um neun Uhr kommen. Bis dahin war noch etwas Zeit. *Bald hält der Wagen hier an und bringt Vater weg... Das ist das Ende unseres gemeinsamen Familienlebens, das dreißig Jahre gedauert hat.* Dieser Gedanke beschäftigte mich, während ich auf der menschenleeren Straße stand, im Wind, der vom Meer herüberwehte kam. In meinem Innern überkam mich das bestürzende Gefühl, mein Leichtsinn hätte vielleicht zu dieser nicht wieder gutzumachenden Situation beigetragen. *Er hat sich so sehr gewehrt, ins Krankenhaus zu kommen, und Mutter wollte ihn auch zu Hause sterben lassen, damit er bis zuletzt die Küstenlandschaft sehen kann, mit der er schon so lange vertraut ist. Ganz einfach wäre es. Warum nur behalte ich ihn dann nicht daheim?*

Der Krankenwagen kam pünktlich. Fast geräuschlos hielt er vor dem Tor. Auf der Seite des dunkelroten Wagens stand in weißer Farbe „Lerchenwagen". Lerche?

Ein widerwärtiger Name, dachte ich. An der Rückseite war eine große Flügeltür, genau wie bei einem Leichenwagen. Kinder kamen herbei und betrachteten neugierig das Fahrzeug.

Ein ungefähr fünfzig Jahre alter Fahrer mit Brille und ein junger Helfer stiegen aus, beide in einer dunkelblauen, verblichenen Uniform. Sie waren äußerst höflich und wortkarg, wahrscheinlich weil sie daran gewöhnt waren, auch Tote zu transportieren.

Vater, der auf einer Bahre aus dem Haus gebracht wurde, sah wirklich schon wie ein Toter aus. Während er von den plötzlich aufgetauchten, wildfremden Männern herausgetragen wurde, sah er hilflos zu mir auf, zu seinem Sohn, der mitten auf der Steintreppe stand. Im Sonnenlicht, das in dieser Jahreszeit schon früh am Morgen stach, wirkte sein Gesicht so weiß und blutleer, als würde es das Grün der Gartengewächse reflektieren. Dann kam Mutter herunter, wie immer im Sommer in einem einfachen Hauskleid und Holzsandalen. Nach der langen Krankenpflege war ihre Gesichtsfarbe dunkler als sonst.

Die beiden Männer ließen mit ruhigen, fast übertrieben vorsichtigen Handgriffen die Bahre auf die Rollen im Wagen gleiten und befestigten sie. Vater bewegte sich kaum. Seine wie Holzstücke unter der Kleidung hervorragenden Beine zeigten ausgestreckt in Richtung des Meeres. Der besagte Koffer, ein Klappstuhl aus Metall, den Mutter im Krankenhaus benutzen würde – bis vor kurzem hatte er Vater, als es ihm noch besser ging, beim Mittagsschlaf als Liegestuhl gedient –, außerdem ein Beutel mit einer Waschschüssel und Eßgeschirr, das alles wurde von Tamako und mir Stück für Stück an den Fahrer und den Helfer weitergereicht, die es im Wageninnern verstauten. Zuletzt stieg Mutter ein und nahm am Kopfende der Bahre Platz. Das Ganze dauerte keine fünf Minuten.

Ich setzte mich mit auf den Beifahrersitz und schloß die Tür. Bevor der Fahrer die hintere Flügeltür zuklappte, gewährte er Tamako und den Kindern noch einen Augenblick, um sich von Vater zu verabschieden.

„Opa, komm bald wieder gesund zurück", hörte ich Tamako mit gefaßter Stimme sagen. Dann drängte sie die beiden Kinder: „Jetzt sagt schön ‚auf Wiedersehen' zu eurem Opa. Sagt ‚komm bald wieder, Opa', los, macht schon."

Die Kinder hatten sicher nur Interesse an diesem seltsamen Fahrzeug, aber dann riefen sie einer nach dem andern: „Opa, komm bald wieder!" – „Komm bald gesund zurück!", wie es ihre Mutter ihnen vorgesagt hatte. Durch das Fenster, das die Fahrerkabine abtrennte, sah ich, daß Vater all seine Kräfte zusammennahm und den Kopf hob, um seinen Enkeln mit einer schwachen Handbewegung zuzuwinken. Er lächelte verlegen, so als wäre ihm diese übertriebene Abschiedsszene peinlich.

Die Flügeltür wurde geschlossen, und langsam fuhr der Wagen an. Als wir um die nächste Ecke bogen und ich noch einmal zurückblickte, bemerkte ich, wie Tamako sich mit den Fingern Tränen aus den Augen wischte. Die beiden Kinder standen verdutzt mitten auf der Straße. *Zu dumm, was sie nachplappern mußten.* Noch klang es mir in den Ohren, wie sie um die Wette eifernd gerufen hatten. Gerne hätte ich Tamako wegen diesem unglücklichen Einfall zurechtgewiesen. *Und keiner hat sich richtig verabschiedet.*

Ist das alles, was man für einen sterbenden Angehörigen tun kann? Ist das schon der ganze Abschied? Muß das so plötzlich sein, daß wir überhaupt keine Gelegenheit mehr haben, uns in Ruhe zu unterhalten? ... War es nicht erst gestern, daß ich, der kleine Junge, ihn zum erstenmal als meinen eigenen Vater wahrnahm? Hat er nicht noch bis vor kurzem groß aufgerichtet vor mir ge-

standen und mich herumgeschleudert, wobei ich mit meiner ganzen Kraft nicht gegen einen einzigen Arm von ihm ankam? Warum erscheint es mir in diesem Augenblick so, als hätte unser gemeinsames Leben erst begonnen, obwohl wir in Wirklichkeit schon dreißig Jahre zusammen verbracht haben?

Während ich die vertraute Gegend draußen am Wagenfenster vorbeiziehen sah, durch die ich selbst jahraus, jahrein gefahren war, wurde ich im Kopf ganz wirr. Wir verließen die Straßen unseres Wohngebietes und überquerten die Odakyu-Bahnlinie. Dann fuhren wir am Tor des buddhistischen Nonnenklosters vorbei, wo sich unser Familiengrab befand und auch Vater seine letzte Ruhe finden würde. Wir kamen auf die breite Straße, die wir immer nahmen, um an den Strand zu fahren. Von dort konnte man das Meer zwar noch nicht sehen, aber der Himmel war weit und hell. Auch Vater mußte hinten im Wagen diese Helligkeit wahrnehmen. Doch dann bogen wir nach rechts ab und ließen das Meer hinter uns.

„Man merkt nicht die leichteste Erschütterung, nicht wahr?" Der Helfer, der mich bisher ignoriert hatte, richtete jetzt zum erstenmal das Wort an mich.

„Nein", antwortete ich. *Bei diesem übervorsichtigen Fahrer, der noch dem kleinsten Stein ausweicht, kann es eigentlich auch keine Erschütterung geben.* Damit er jederzeit bremsen konnte, schlich er mit weniger als 20 Stundenkilometern dahin, so als hätten wir Sprengstoff geladen. Auch als wir auf eine asphaltierte Straße kamen, änderte sich dieser Fahrstil nicht. Der Helfer erklärte: „Der Wagen ist eine Sonderanfertigung mit einer speziellen Federung an den Rädern, damit auch Schwerkranke befördert werden können. Deshalb braucht der Chauffeur viel Erfahrung." Der Helfer, der düster und irgendwie weiblich wirkte, wollte dem älteren Fahrer sicher schmeicheln. „Der Wagen braucht auch sehr viel Benzin."

„Das kann ich mir vorstellen." Plötzlich langweilte mich die Unterhaltung, und ich stimmte allem zu. *Für die Fahrt bezahle ich ja, soviel sie wollen.*
Der Fahrer dagegen schien sich sehr zu freuen und fuhr jetzt erst recht vorsichtig. Wortlos hielt er das Steuer in der Hand. Eigentlich erleichterte mich das Verhalten des Helfers, wie er mit dem Wagen prahlte und wohl damit sagen wollte, ich solle ein anständiges Trinkgeld rausrücken. Denn ich konnte mich dabei wieder sammeln und die sehnsuchtsvollen Blicke meiner Kinder vergessen, die sie auf das Fahrzeug geworfen hatten, und die Worte, die Tamako beim Abschied zu Vater gesagt hatte.
Endlich erreichten wir die Innenstadt von Fujisawa. Auf einem Hügel links erblickte ich die Grundschule, die ich besucht hatte. Das baufällige, verwahrloste Gebäude sah aus wie auf einem über zwanzig Jahre alten Foto. Als ich gerade aus dem Fenster schaute, sprach mich der Helfer erneut an: „Hat der Kranke, äh, hat er etwa Gehirnerweichung?" Er tat so, als würde er sich ziemlich gut mit Krankheiten auskennen.
„Nein." Ob wohl Vater hinten im Wagen durch die Glasscheibe unser Gespräch gehört hatte? Wahrscheinlich nicht, aber trotzdem war es gefährlich, darüber zu reden.
„Nein, der Magen . . .", antwortete ich, den Blick stur nach vorne gerichtet. Da ich etwas schroff war, merkte er endlich, daß ich dieses Thema beenden wollte. Und bis wir das Krankenhaus erreichten, sprach er nicht mehr mit mir.
„Ich weiß nicht, wo wir jetzt sind." Mutters Stimme war von hinten zu hören. Sicher hatte Vater sie danach gefragt. Wir waren auf der halben Höhe der Steigung beim Yugyoji-Tempel nach rechts abgebogen, um die nach der Abtragung eines Berges neu entstandene

Wohnsiedlung herumgefahren und kamen jetzt durch ein staubiges, stickiges Wäldchen. Auch heute würde es wieder brennend heiß werden.

Es war in dieser Gegend, vielleicht auf der anderen Seite des Berges, und bei genauso sengender Sommersonne wie heute. Vater hatte mich mitgenommen, um das Grundstück für eine Brotfabrik zu besichtigen, die er mit großer Begeisterung plante. An jenem Tag mußte ich sehr viel laufen . . . Vater war so gut zu Fuß gewesen, daß auch Mutter nie mithalten konnte. Wenn sie zu zweit irgendwohin gingen, war er ihr immer vorausgestürmt, worüber sie sich sehr ärgerte. Wir konnten ihn schon an seinem Schritt erkennen. Seine eckigen Schultern hochgezogen, schwankte er beim Gehen nach links und rechts. Doch wenn man ihn so laufen sah, schien nicht er, sondern vielmehr der Boden unter ihm zu schwanken. Ich fragte mich, ob er sich an Land nur deshalb so ungeschickt bewegte, weil er einen Teil seines Lebens auf dem Schiff verbracht hatte. Als Kind war es mir oft peinlich gewesen, wenn ich mit Vater, der so plump ging, unter die Leute mußte, oder wenn er herbeikam, während ich mit Freunden spielte.

Es war ein langer Urlaub gewesen, ein viel zu langer Urlaub für Vater. Er hatte an jenem Sommertag nach der Niederlage begonnen und bis zu diesem Sommer angedauert, bis jetzt, da Vater ins Krankenhaus transportiert wurde. *An jenem Tag hat er zu einer kurzen Hose sein Sommerhemd getragen, von dem er schon das Rangabzeichen des Kapitäns zur See abgerissen hatte, und seine Marinemütze, inzwischen ohne die beiden schwarzen Bänder.* So stand er am frühen Nachmittag am Eingang. Er trug nur eine Feldflasche umgehängt. Als ich herbeigeeilt kam, nahm er die Flasche ab und reichte sie mir: „Da ist Honig drin." Es war, als ob er außer dieser einen Portion Honig im Krieg alles verloren hätte. Ryoji, der etwas früher als Vater heimgekehrt war, hatte auch nur eine Wolldecke aus der Kadettenschule mit dem blauen Ankerabzeichen mitgebracht. Auf einmal waren zwei Arbeitslose ohne jeden Besitz in unser Haus hereingeschneit gekommen. Aber für Mutter und mich bedeutete es eine Fortsetzung des seit vielen Jahren unterbrochenen, friedlichen Familienlebens.

Vater war sicher sehr erstaunt gewesen. Im Haus war zwar alles beim alten, aber der Garten hatte sich total verändert. Der Rasen und alle Blumenbeete waren spurlos verschwunden und einem trostlosen Gemüsebeet gewichen. Nur ein paar Pfirsichbäume waren übriggeblieben. Wie jeden Sommer durchzog der erstickend süße Geruch ihrer reifen, abgefallenen Früchte das ganze Haus. Das mußte Vater an jenem Tag ebenso wahrgenommen haben. Doch außer dem Garten war auch seine Frau kaum wiederzuerkennen. Für ihn war ihre Verwandlung sicher noch unerträglicher als die des Gartens. Denn da sie tagein, tagaus unter sengender Sonne arbeitete, war ihre sonst so weiße Haut ganz verbrannt, und ihr Gesicht sah fürchterlich aus. Ihre Finger waren knochig geworden und an vielen Stellen durch Verstauchungen häßlich gekrümmt. Ohne irgendeine Hilfe hatte sie den ganzen Rasen, den sie so sehr gemocht hatte, umgegraben, alle Rosenbüsche und Dahlienknollen herausgerissen und den Garten bis in die Ecken umgepflügt. Dort säte sie dann Rettich- und Salatsamen aus und setzte Saatkartoffeln, wie man es ihr in einem benachbarten Bauernhof gezeigt hatte. Diese Offiziersgattin hatte sich schließlich so sehr verändert, daß sie nun ohne mit der Wimper zu zucken sogar Jauche schöpfen konnte. Den Grubenräumer nachahmend, nahm sie den schweren Eisendeckel von der Jauchengrube, trug randvolle Eimer Dung aufs Feld und goß ihn aus. An den Tagen, an denen Mutter draußen arbeitete, roch es im ganzen Haus danach. Natürlich trug sie im Garten eine Bauernhose und zog sich um, wenn sie ausging, aber mir kam es so vor, als würden alle ihre Hosen nach Dung riechen, ob sie nun an der Wand in der Küche hingen oder auf einem Rattanstuhl im Eßzimmer abgelegt worden waren. So sehr wir auch zu kämpfen hatten, an genügend Nahrungsmittel heranzukommen, Vater hätte sich bestimmt nie träumen lassen, daß seine Frau einmal wie eine Bäuerin aussehen würde. Denn in dem Marinestützpunkt auf Kyushu, wo er war, hatte es sogar noch gegen Ende des Krieges reichlich Reis, Fleisch und Zucker gegeben.

So begann Vaters Nachkriegszeit.

Nach fast einer Stunde Fahrt kamen wir endlich im Zentralkrankenhaus an. Bei normaler Geschwindigkeit hätte man die Strecke in fünfzehn Minuten geschafft. Die Sonne stand inzwischen schon hoch, und es war totenstill in dem schattenlosen, staubigen Garten vor dem Gebäude. Auch die zwei, drei Palmen, die man anstandshalber vor dem Eingang gepflanzt hatte, waren ganz weiß vor Staub. Auf den ersten Blick wirkte das barackenartige Holzgebäude sehr alt. Keines der Zimmer schien eine Klimaanalage zu haben, denn die Fenster standen alle weit offen, und davor hingen schmuddelige Jalousien. Langsam näherte sich unser Krankenwagen, bis er schließlich rückwärtsgerichtet vor der halbrunden Eingangshalle zum Stehen kam. Im selben Augenblick bemerkte ich einen alten Mann in weißem Hemd und Holzsandalen, der sich hinter einer Säule auf der gegenüberliegenden Seite versteckt hielt und uns beobachtete – das war der Vizeadmiral Kaneko, der dieses Krankenhaus für Vater ausfindig gemacht hatte. Der Fahrer und sein Helfer öffneten die hintere Wagentür und zogen die Bahre heraus, als plötzlich eine ältere Krankenschwester mit Brille den Kopf zur Tür herausstreckte und uns laut zurief: „Was ist denn mit dem da los, was fehlt ihm?"

Wahrscheinlich hatte sie nur aus übertriebenem Arbeitseifer so laut gebrüllt, aber wir alle hielten entsetzt inne und drehten uns nach ihr um. Auch die Patienten, die zur ambulanten Behandlung gekommen waren und sich in der Eingangshalle drängten, blickten alle gleichzeitig herüber.

Eilig ging ich auf sie zu und erklärte, daß das ein neuer Patient wäre, der heute eingeliefert werden sollte. Vater, der auf seiner Bahre mitten in der Sonne lag, drehte den Hals, um unsere Verhandlung mit ansehen zu können. In seinem ernsten Blick stand die Frage geschrieben, was jetzt beginnen würde, was man hier mit ihm machen würde, und wie ein Tier zeigte er unverhüllte Angst.

„Also, gehen Sie dort zur Anmeldung." Im Zwiegespräch war die Krankenschwester plötzlich gleichgültig geworden. Sie zeigte mir die Empfangsloge und ging dann kurz hinaus, um den beiden Trägern Anweisungen zu geben. „Bringt den Kranken hier herein!"

Sie hatte einige Schwestern gerufen, die jetzt herbeigeeilt kamen. Während ich am Empfang das Anmeldeformular ausfüllte, wurde Vater von ihnen auf ein Rollbett gehoben. Die zahlreichen Patienten, die auf den Bänken saßen oder herumstanden, Frauen und Männer, Alte und Kinder, alle starrten sie herüber. So, als würden sie etwas Ekelerregendes sehen, starrten sie auf Vaters fahles Gesicht mit den weit aufgerissenen Augen . . . Ich wollte für ihn losschreien: *Warum glotzt ihr so? Dieser Alte ist zum Sterben gekommen, was ist daran so komisch?* . . . Aber sie hätten meinen Ärger sowieso nicht begriffen. Wahrscheinlich waren sie, die alle ebenfalls an einem Gebrechen litten, nur neugierig und hatten Mitleid mit diesem zu Haut und Knochen abgemagerten Alten im Schlafanzug. Schließlich wußte keiner von ihnen, daß das Ende eines ehemaligen Kapitäns zur See, eines alten Offiziers, bevorstand und daß ich der Sohn dieses Soldaten war. Als man ihn vorbeischob, wurde er aus zahlreichen Augen betrachtet, so wie eine Leiche von Fliegen umschart wird, und meine Mutter begleitete ihn mit dem armseligen Gepäck. Bei dieser Szene geriet ich, der Sohn, einfach in Panik und ärgerte mich über die Neugier der anderen Kranken.

Nachdem ich auf dem Anmeldeformular in die Spalte für Beruf ganz groß „arbeitslos" geschrieben hatte, wie es auch Vater immer tat, floh ich wie gehetzt vom Empfang und bezahlte dem Helfer des „Lerchenwagens", der pflichttreu am Eingang wartete, die Transportgebühr. Dann folgte ich meinen Eltern. Doch auf dem Flur war Vaters Bahre nicht mehr zu sehen. Mutter, die allein und verlassen dastand, machte keine Anstalten, sich auf eine der Wartebänke zu setzen. „Jetzt machen sie da drin ein EKG und Röntgenaufnahmen . . ." Sie zeigte auf die geschlossene Tür vor ihr.

„Ich glaube, ich habe vorhin Herrn Kaneko gesehen", sagte ich zu ihr, nachdem ich mich endlich wieder gefaßt hatte. „Ja?" Mutter schien ihn nicht bemerkt zu haben und fragte nur ganz geistesabwesend: „Ist er extra gekommen?" Als ich aber unauffällig zum Eingang zurückging, um ihn zu suchen, war der Vizeadmiral schon verschwunden.

„Komm, setzen wir uns!" Während ich dem Lärm der ambulanten Patienten am Ende des Flurs zuhörte, war ich so erleichtert, als wäre ich einer Gefahr entronnen. Und endlich nahm auch Mutter neben mir auf der Bank Platz. Sie hatte wie ich ein Paar der auf dem Holzrost am Eingang unordentlich herumliegenden, schmutzigen Pantoffeln angezogen.

„Was hast du denn da alles mitgebracht? Das ist ja ziemlich viel Gepäck . . .", fragte ich, als es mir langweilig wurde. Sie schaute auf das Bündel zu ihren Füßen und murmelte: „Meine Waschschüssel, die Thermosflasche, Teebecher..."

Bald darauf öffnete sich die Tür vor uns, und Vaters Bahre wurde von zwei, drei Krankenschwestern ziemlich grob herausgefahren. Eine von ihnen rief gereizt: „Röntgen, das brauchen wir ihn doch nicht!"

Da zog Vater seinen Schlafanzug zusammen, der zum Untersuchen an der Brust geöffnet worden war, und sagte an uns gewandt: „Röntgen scheint nicht nötig zu sein." Er war sehr erleichtert, daß ihm ein Teil der Untersuchung erspart blieb. Aber er mißverstand die Bedeutung dieser Worte. Denn vier Monate zuvor hatte jener Militärarzt Kida schon Röntgenaufnahmen gemacht, die vor ein paar Tagen ins Krankenhaus geschickt worden waren, und ein Blick darauf genügte, um zu sehen, daß keine weiteren Aufnahmen mehr nötig waren. Das war alles...

Vaters Krankenzimmer lag am Ende des ersten Stocks, es war ein ungefähr zehn Quadratmeter großes Einzelzimmer. Um dorthin zu gelangen, mußte man an einem großen Saal der Chirurgie vorbei, in dem Patienten mit Kopf-, Fuß- oder Armverband nicht wußten, wie sie die Zeit totschlagen sollten, und an einem Gemeinschaftsraum der gynäkologischen Abteilung, wo hinter Vorhängen nach weiblichem Geschmack das Schreien von Neugeborenen zu hören war. Das Zimmer befand sich also genau auf der anderen Seite des hufeisenförmigen Gebäudes. Vom Fenster aus konnte man den Garten in der Mitte und dahinter die Eingangshalle sehen. Natürlich war das der ruhigste Teil des Krankenhauses.

Vater wurde nicht wie zu Hause auf weiche Matratzen, sondern in ein hart wirkendes Eisenbett gelegt. Er war sehr verstimmt, aber wie wir bald merkten, lag das nicht am Bett. Und vielleicht war es ein Zufall, daß er, seit er hier hereingebracht worden war, immer mehr in Verwirrung geriet.

„Papa, was ist los?" fragte Mutter irritiert, da er schon einige Zeit vor sich hin murrte. „Tut es dir irgendwo weh?"

„Schaut doch mal, mein Rücken." Er schien uns seinen Rücken zeigen zu wollen, konnte sich aber nicht mehr aus eigener Kraft umdrehen.

„Was hast du da?" Wir vermuteten zuerst, daß er sich lediglich wundgelegen hätte. Denn obwohl er sich zuerst lange dagegen wehrte, hatte er doch mehrere Wochen liegend verbracht. Er antwortete ärgerlich. „Diese Krankenschwester vorhin, dort unten, sie hat mich geschlagen."

Uns blieb nichts anderes übrig, als ihn umzudrehen und unter seinem Schlafanzug nachzusehen. Tatsächlich war er ein wenig wund, aber nicht so sehr, daß man darum viel Aufhebens hätte machen müssen.

„Da ist doch nichts, Papa", sagte Mutter spöttisch, strich ihm ein paarmal über das Kreuz und wollte ihn wieder anziehen. Da wurde Vater böse und schüttelte ihre Hand ab: „Teisuke soll schauen!"

„Wo tut es denn weh?" Ich tastete den ganzen Rücken ab. Bis auf die wunden Stellen wirkte seine Haut wie die Schale einer ausgetrockneten Frucht, und wenn ich nur leicht mit dem Finger darauf drückte, wich dort für eine ganze Weile das Blut zurück.

„Da ist es . . ." Kraftlos ließ er seine wie gelähmte Hand baumeln und wies mich unbestimmt auf die schmerzende Stelle hin. Dann klagte er verärgert, wie ein gequältes Kind: „Diese Krankenschwester, sie hat mich gestoßen . . ."

Am unteren Teil der Wirbelsäule war zwar die Spur eines roten Kratzers zu sehen, aber dort schien es ihm nicht besonders weh zu tun. Ich sagte aber, ich hätte die

Stelle genau gesehen, und daraufhin drehte er sich befriedigt wieder um. Ganz abrupt sagte er: „Die ist böse . . ." Dann nickte er ein, denn vermutlich hatte er am Vorabend wegen der Aufregung nicht gut schlafen können.

Mutter machte sich fortwährend Gedanken wegen der Lüftung und der Lage des Fensters. „Es gibt zwar genügend frische Luft, aber nachmittags scheint die Sonne von Westen herein, und es wird sicher sehr heiß hier", murmelte sie und zog die Augenbrauen in ihrem abgemagerten Gesicht zusammen. Da fürchtete ich, diese alte Frau könne womöglich noch früher sterben als der Kranke.

„Es ist doch gut, daß Vater jetzt hier ist." Ich sah mich gezwungen, vor Vater betont lebhaft zu sprechen. „Hier brauchen wir uns um nichts Sorgen zu machen."

„Ja, wenn mit der Zeit sein Appetit wieder besser werden würde . . .", sagte Mutter im selben Ton wie ich. Dabei machte sie aber ein bekümmertes Gesicht, wohl aus Sorge, daß man ihn hier nicht mehr so gut wie zu Hause verpflegen könne. Daheim waren seine eigensinnigen Bitten bis zu einem gewissen Grad erfüllt worden. Denn obwohl wir wußten, daß er von allem nur ein Häppchen, nur ein winziges Stück hinunterbrachte, hatten Mutter und Tamako selbst die Lebensmittel aufgetrieben, die gerade keine Saison hatten, wenn er etwas Bestimmtes essen wollte. Das war hier nicht mehr möglich . . . Auf jeden Fall war ich erleichtert, daß wir Vater bis jetzt hatten täuschen und hierher bringen können. *Wahrscheinlich wird er ja sterben, ohne vorher etwas von seiner Krankheit zu erfahren. Und er muß spüren, daß er dem unangenehmen Krankenhausaufenthalt für eine Weile nicht entrinnen kann, wenn er seinen Appetit wieder zurückgewinnen will. So wird alles im ungewissen bleiben und sich langsam und stillschweigend auflösen. Vielleicht stirbt er an körperlicher Entkräftung, noch bevor die fürchterlichen Schmerzen dieser Krankheit einsetzen können*... Ich erinnerte mich an die Worte des Militärarztes. *Wenn die Krankheit allmählich auch in den Kopf steigt, ist das nicht das deutlichste Symptom?*

„Überlaß den Rest mir, du kannst schon gehen", sagte Mutter zu mir. Ich ergriff die Gelegenheit und wandte mich an Vater, der ein Gesicht machte, als wäre er in eine feierliche Meditation versunken: „Also, ich gehe, ich muß zur Arbeit. Morgen komme ich wieder vorbei..."

Da öffnete er schlagartig die Augen und richtete sein spitzes Kinn ein wenig auf mich. In unverändert übellaunigem Ton entgegnete er: „Vielen Dank für deine Mühe." Das sagte er zu mir wie zu einem Offiziersburschen, der dienstlich gekommen war.

Ob mürrisch oder heiter, es war vermutlich das letzte Mal, daß ich aus seinem Mund ein Wort des Dankes hörte. Denn von nun an kreiste sein leerer Blick in einer nur noch für ihn sichtbaren Welt, und die Worte, die er hervorbrachte, wurden für uns immer unverständlicher. Schließlich konnte er die Worte nicht mehr richtig artikulieren, und er schrieb sie uns dafür hartnäckig als unleserliche, rätselhafte Zeichen auf ein Stück Papier.

Ich ließ Vater zurück, der wieder eingeschlafen war, und Mutter, die ihn beaufsichtigte, ging die Treppe hinunter, den langen, hallenden Gang entlang und verließ das Krankenhaus, um zum Bahnhof zu gehen. Es war schon fast elf Uhr. Die Einlieferung hatte also zwei Stunden gedauert. Auch heute war es draußen wieder unerträglich heiß geworden, aber mir war irgendwie leicht ums Herz. Wahrscheinlich, weil ich ihm jetzt eins ausgewischt hatte. Ich mußte unterwegs sogar lachen, als ich mich an Vaters Worte beim Abschied erinnerte: „Vielen Dank für deine Mühe." Das war der Gipfel von Vaters Ironie. (Du hast mich Armen fortwährend getäuscht, und damit nicht genug. Sogar hier im Krankenhaus spielst du deine miese Rolle weiter. Mein Dank für deine Mühe ist grenzenlos.) So konnte man es auch interpretieren.

Nun war es wieder möglich, daß wir uns daheim laut über die Krankheit und das Krankenhaus unterhielten. Wenn die Kinder nicht in der Nähe waren, konnte ich „darüber" auch am Telefon sprechen, denn Vaters lauschende Ohren waren fern. Nicht nur Tamako und ich waren froh, uns nach vielen Monaten endlich nicht mehr bedrückt anstarren und ins Ohr flüstern zu müssen. Auch die Kinder konnten jetzt, da Vater und Mutter nicht da waren, im leeren „Haus drüben" mit schmutzigen Händen und Füßen ein und aus gehen. Sie rannten den Flur entlang, und dort, wo Vater noch bis gestern mit einer Waschschüssel am Kopfende gelegen hatte, veranstalteten sie Ringkämpfe. Lange Zeit war es ihnen sogar verboten gewesen, das Haus zu betreten. Natürlich hatte jeder von uns jetzt eine neue Pflicht. Tamako mußte im Wechsel mit Mutter ab und zu im Krankenhaus übernachten, und meine Aufgabe war es, alle zwei Tage auf dem Weg zur Arbeit Vaters Windeln und andere notwendige Dinge vorbeizubringen. Seltsamerweise war mir das nicht zuwider, sondern machte sogar viel Spaß.

Es war besonders erquicklich, am hellen Tag mit dem Auto loszubrausen. Ich hatte ein Bündel von Vaters Windeln, eine Wassermelone und Verpflegung für Mutter hinten im Wagen verstaut und fuhr bei glühender Hitze wie ein Essensausträger zum Krankenhaus. *Für diesen Weg haben wir damals mit dem Krankenwagen eine Stunde gebraucht, als ob man mit der Langsamkeit Vaters schweren Abschied von dieser Welt betrauerte. Und jetzt rase ich hier mit offenen Fenstern wie ein Ir-*

rer. Im Nu kam ich beim Krankenhaus an . . . Später, wenn wir diese Strecke fahren mußten, sagte Tamako immer: „Ich mag den Weg nicht, er erinnert mich an die Sache damals mit Opa." Ich konnte das nicht nachvollziehen. Vielmehr hatte ich das vage Gefühl, meinen toten Vater vielleicht wieder treffen zu können, wenn ich hier fuhr . . .

Es gab wenig Gegenverkehr, die Straße war gut asphaltiert, und die Landschaft unterwegs war auch nicht so schlecht. In der trostlosen, absolut leeren Gegend, wo erst in letzter Zeit Berge und Wälder abgetragen und Reisfelder zugeschüttet worden waren, standen hier und da Fabrikbaustellen und Baubaracken. Normalerweise hätte es mir hier sicher überhaupt nicht gefallen. Aber jetzt fuhr ich gerne ganz allein durch das unwirtliche Gebiet unter der glühenden Sonne. Es machte mir auch Spaß, mit Zügen der Shonan-Bahn, die teilweise neben der Straße verlief, um die Wette zu fahren. Auf diesen Fahrten lösten sich von selbst meine Gesichtsmuskeln, und ich lachte grundlos. Ja, es muß so ausgesehen haben, als freute ich mich wahnsinnig, daß mein Vater bald sterben würde.

Was hatte es eigentlich mit diesem Gefühl der Erlösung auf sich? Schlagartig waren die alten, schon vergessen geglaubten Gewohnheiten zurückgekehrt. Ich ging nach langer Zeit auch wieder mit den darum bettelnden Kindern zum Schwimmen an den Strand. So, wie Vater früher jeden Tag mit mir gegangen war . . . Damals brachen wir immer schon sehr früh morgens auf. Warum eigentlich? Vielleicht weil Vater ein Ausgeschlossener war? Oder mochte er es nicht, wenn am Nachmittag viele Leute kamen? Ich begleitete meinen Vater nicht so gern, denn am Morgen war das Wasser sehr kalt. Aber in jenen Jahren war das Meer bei Kugenuma noch nicht so verschmutzt wie heute. Der silberne Sand war fein und rieselnd, und man sah auch kaum Abfälle herumliegen. Wenn sich das Wasser zurückzog, glitzerten die lebhaft springenden, kleinen Fische. Die Kinder heutzutage geraten in Aufregung, wenn sie einmal eine rote Krabbe finden, aber früher wimmelte es davon. Nachdem Vater eine Runde geschwommen war, spielte er mit mir am Strand Ball. Unsere beiden Baseballhandschuhe hatte er von den Philippinen mitgebracht, es waren Riesendinger, in Amerika hergestellt. Während des Krieges hatte ich sie mit zur Schule genommen und den allgemeinen Neid erweckt, als ich erzählte, es seien Beutestücke von feindlichen „Teufeln". Auch der Ball war aus Amerika. Vater nahm keine Rücksicht auf mich, der noch zu klein war, um die Bälle fangen zu können, und schleuderte sie nach Herzenslust. Manchmal warf er den Ball absichtlich in eine andere Richtung und ließ mich hinterherlaufen. Wenn ich nicht mehr konnte, ging er wieder ins Wasser. Er kraulte weit auf die offene See hinaus, während ich ihn von einer seichten Stelle aus beobachtete. Ich wollte ihn nicht aus den Augen verlieren und ließ nach jeder gebrochenen Welle den Blick über die Wasseroberfläche schweifen. Das Meer schien morgens, wenn niemand da war, nur Vater und mir zu gehören. Das sich vor unseren Augen ausdehnende, unter japanischer Hoheit stehende Meer, auf das Vater nun nie wieder hinausfahren würde...

Jetzt war ich selbst Vater von zwei Söhnen, und ich erschrak darüber, daß ich mit ihnen genau dasselbe unternahm, wie damals Vater mit mir.

Vor dem Fenster des nach Westen gelegenen Krankenzimmers gab es einen schmalen Balkon mit Eisengeländer. Von dort aus konnte man das ganze Krankenhaus und den Garten in der Mitte überblicken, der von den

Fenstern der verschiedenen Krankenstationen umgeben war. Bei genauem Hinsehen erkannte man hier und da noch die Überreste von Blumenbeeten, aber jetzt wucherte überall das Sommergras. Es war weniger ein Garten als vielmehr ein Gelände, auf dem die Leute nach Lust und Laune herumliefen. In der Mitte stand halb versteckt im Gebüsch der kleine Turm eines sicher kaputten Springbrunnens, der nicht in Betrieb war. Ungepflegtheit schien die Besonderheit dieses Krankenhauses zu sein. Sowohl das Innere als auch das Äußere des Gebäudes waren heruntergekommen. Wahrscheinlich gab es keine Mittel, etwas gegen den Verfall zu unternehmen. Soweit ich es sehen konnte, waren alle Räume belegt. Aber an der übernächsten Tür von Vaters Zimmer aus gerechnet hing ein Schild mit der Aufschrift „Sonderzimmer". Es war sicher ein prächtiges Krankenzimmer, vielleicht sogar mit Teppich. Tamako hatte einmal geschwind hineingespäht und erzählt, darin gäbe es auch Fernseher und Klimaanlage. Doch solange Vater da war, blieb es immer leer. Abgesehen von diesem Zimmer ging es in dem Krankenhaus von morgens bis abends unheimlich lebhaft zu, und das ermutigte uns mehr als alles andere.

Eine ärmliche Klinik, in der nur die Patienten zahlreich waren, am Rand eines Städtchens, umgeben von Fabrikschornsteinen und Gasbehältern... Sie unterschied sich im Stil weitgehend von dem St.-Lukas-Krankenhaus und der Keio-Universitätsklinik in Tokyo, die Vater an jenem Abend plötzlich erwähnt hatte. So miserabel die Klinik auch war, er wäre mit seiner hoffnungslosen Krankheit sicher nicht so bereitwillig aufgenommen worden, wenn der Krankenhausleiter nicht ein ehemaliger „Marinesoldat" gewesen wäre.

Vater fiel jedoch nicht mehr sonderlich zur Last. Einmal pro Tag wurde Visite gemacht, einmal täglich bekam er eine Infusion, und dreimal wurde ihm das Fieber gemessen. Sonst gab es nichts mehr für ihn zu tun. Der Arzt, der zur Visite kam, drückte ihm immer lange die Handfläche auf den Magen und schwieg. Wahrscheinlich war die Krebsgeschwulst schon so groß, daß man sie mit der Hand ertasten konnte. Am Tag nach Vaters Einlieferung, als ich gerade dort war, kam der ehemalige Marinechefarzt und jetzige Krankenhausleiter Ariga zum ersten- und zum letztenmal auf seinem Kontrollgang vorbei, begleitet von ein paar Krankenschwestern. Da flüsterte Mutter hastig Vater den Namen des Gekommenen ins Ohr, worauf sich sein Gesichtsausdruck veränderte. Er wollte sich aufrichten, aber der Krankenhausleiter hielt ihn mit seiner ausgestreckten Hand zurück und rief: „Nein, bleiben Sie liegen, bleiben Sie liegen!" Vater konnte nicht richtig sprechen. Das lag aber nicht daran, daß sich seine Zunge nicht mehr bewegt hätte. Vielmehr war er so überrascht, daß er nicht wußte, wie er grüßen sollte. Vielleicht grämte er sich auch, daß er dem Kriegskameraden, der genauso wie er einst in der kaiserlichen Marine gekämpft hatte, seinen jämmerlichen Zustand zeigen mußte. Er bekam feuchte Augen und sah mit einem irgendwie flehenden Blick zu Ariga auf. Die Begegnung zwischen dem rotgesichtigen, heiteren Militärarzt, einem stattlichen Mann, der ebenfalls als Marinesoldat gedient hatte, und dem nun an eine Affenmumie erinnernden Offizier war erschütternd.

Der Krankenhausleiter, ein Chirurg, drückte schweigend seine große, behaarte Hand auf Vaters Magen. Bestimmt stellte er dabei sofort fest, daß eine Operation bei diesem Alten schon zwecklos war, so sehr er auch Lust dazu verspürte.

„Er kann fast nichts mehr essen. Was man ihm auch vorsetzt, er hat keinen Appetit", sagte Mutter von der

Seite anstelle des Kranken. Ariga tastete weiter und antwortete, als würde er ein Kind belehren: „Was? Das geht aber nicht! Es ist nicht gut, daß Sie keinen Appetit haben. Wenn man nichts ißt, wird man immer schwächer." Dann wandte er sich an Mutter und sagte dasselbe noch einmal: „Er muß wieder etwas essen. Egal, was. Der Appetit muß besser werden . . ." Das gefaßte, lächelnde Gesicht des Arztes täuschte die Absicht vor, sofort die entsprechenden Maßnahmen zu treffen. Er sagte noch ein paar freundliche Worte zu den beiden, wünschte gute Besserung und ging.

Das „Schauspiel" des Krankenhausleiters war nicht viel besser gewesen als das, was wir bisher aufgeführt hatten. War seine Anweisung nicht völlig verkehrt, ja unmöglich? Denn wer bringt noch etwas hinunter, wenn ein tennisballgroßes Geschwür zäh den Mageneingang versperrt? Mir leuchtete ja ein, daß es Vaters Ende bedeutete, wenn er nichts zu sich nahm, aber es ging einfach nicht mehr. Inzwischen war es schon drei Monate her, daß er plötzlich nicht einmal mehr Bananen hinunterbrachte und uns damit in Angst und Schrecken versetzte. Dabei hatte er sie bisher besser als alles andere essen können, wohl weil sie gut durch die Speiseröhre rutschen. Und vor ungefähr zwei Monaten hatte er Mutter und Tamako zur Verzweiflung gebracht, weil er behauptete, die für ihn gekochten Buchweizennudeln seien zu hart. Schon seit mehr als zwei Monaten aß er nichts mehr aus eigenem Antrieb. Aber hin und wieder war ihm plötzlich etwas eingefallen: „Vielleicht kann ich ja das und das essen. Ich werde es mal probieren." Daraufhin schickte Mutter Tamako los, um es zu besorgen. Stand es dann schließlich vor ihm, wurde ihm schon vom Hinsehen schlecht. So ging es mit dem gegrillten Aal und dem Thunfischfilet. Auch wenn es ihm manchmal besserging und er etwas aß, erbrach er es garantiert in der

Nacht wieder. Der scharfe Geruch der Speisereste, die sich in seinem Gebiß festsetzten, war unerträglich. Auf dem Rückweg von der Arbeit kaufte ich ihm oft Pfeilwurzgelee, Pudding oder Bohnenmus. Zuerst war er zwar neugierig und nahm etwas davon, aber er sagte sofort: „Ich habe schon genug. Gib den Rest den Kindern." Den Löwenanteil verschlangen schließlich seine Enkel. So kam es, daß sie es ständig auf „Opas Essen" im Kühlschrank des „Hauses drüben" abgesehen hatten . . .

Wenn ich ins Krankenhaus kam, stand immer auf der niedrigen Abstellfläche beim Fenster auf einem Blechtablett das von der Köchin gebrachte Essen, mit einem Geschirrtuch zugedeckt.

„Was gibt es denn heute?" Es war meine Gewohnheit, jedesmal das Tuch hochzuheben und einen Blick auf das Essen zu werfen. „Iß, wenn du möchtest!" – „Nein, danke." Das Menü bestand meistens aus einer Schüssel Reis und einer seltsamen Misosuppe, deren Einlagen sich schon abgesetzt hatten. Dazu gab es gekochte Kartoffeln oder Tofuwürfel und eine Flasche lauwarme Milch, wie sie auch im Handel erhältlich ist. Die jungen Patienten der Chirurgie, die nur an Armen oder Beinen verletzt waren, aber sonst genügend Appetit hatten, wären sicher mit Heißhunger darüber hergefallen. „Er kann es sowieso nicht essen. Aber es würde die Köchin kränken, wenn ich es ablehnte . . .", seufzte Mutter, die hier im Krankenhaus ihren Appetit auch ganz verloren hatte.

Dieses Gespräch wiederholte sich bei jedem Besuch. Mir verging allmählich ebenfalls die Lust, hier irgend etwas zu essen. Nicht nur weil es das tägliche Brot von Vater war, der nun schon seit über zehn Tagen nichts mehr zu sich genommen hatte. Es lag vielmehr an dem Geruch. Um das nachmittags von Westen hereinbrennende Sonnenlicht abzuhalten, waren überall die Jalousien heruntergelassen. Weil dadurch die Lüftung beeinträchtigt wurde, stand im Zimmer der penetrante Gestank von Vaters Blutungen und Kot, vermischt mit dem üblichen Krankenhausgeruch. Wenn er Stuhlgang hatte oder Wasser lassen mußte, sagte er Mutter Bescheid und ließ sich von ihr säubern, aber mit den Blutungen war es anders. Er hatte keine Kontrolle mehr über seinen schlaffen After, aus dem Tag und Nacht ständig ein schwarzes Gemisch aus Blut und Kot heraussickerte. Mehrmals täglich wurden seine Windeln gewechselt, denn es lief, unabhängig von seinem Willen.

Wie Mutter befürchtet hatte, stieg nachmittags die Temperatur im Zimmer sprungartig. Obwohl die Sonne abgehalten wurde, fielen doch ein paar Lichtstrahlen auf Vaters Gesicht, der mit dem Kopf in Richtung Fenster lag, und seit er hier war, schien er sogar einen Sonnenbrand bekommen zu haben. Die weißen Metallamellen der Jalousien wurden auch so heiß, daß man sich daran verbrennen konnte. In den heißen Nachmittagsstunden nickte er meistens ein.

Selbst nach Sonnenuntergang blieb es im Zimmer stickig. Nachts wurde das Krankenhaus von einer anderen Geschäftigkeit erfüllt. Wenn die Lichter gelöscht waren, gab es viel zu tun. Zwei- bis dreimal pro Nacht näherte sich dem Gebäude das Martinshorn eines Krankenwagens. Dann hörte man eilige Schritte von der Eingangshalle, und genau gegenüber unseres Fensters auf der anderen Seite leuchtete der Operationssaal hell auf. Hinter den Fensterscheiben konnte man sehen, wie weißbekleidete Männer und Frauen hin und her rannten . . . Wenn es abends kühler wurde und ich draußen am Balkongeländer lehnte, beobachtete ich oft eine solche Szene. Dabei mußte ich immer darüber nachdenken, daß es außer den Todkranken wie Vater auch gesunde Menschen gab, die aus heiterem Himmel starben.

Die niedrigen Gebäude der Stadt konnte man selbst tagsüber von hier aus nicht überblicken. In unmittelbarer Nähe ragte nur die rote Neonreklame einer Elektrofirma in die Höhe. Der Bahnhof Ofuna lag ungefähr unserem Fenster gegenüber am Fuß eines staubigen, düsteren Hügels. Von morgens bis abends war die Klingel bei der Abfahrt und Ankunft der Bahn zu hören, die Ansagestimme auf dem Bahnsteig und das Hupsignal der Züge. Wehte der Wind nachts von dort, konnte man manchmal die Geräusche vom Rangierbahnhof deutlich vernehmen. Wenn die Güterwagen zusammenstießen, klang das schrille Echo der Kupplung kurz nach, um dann zu verstummen, so als würde es von den Höhlungen des Hügels dahinter verschluckt werden. Auch vereinzelte Rufe der Bahnarbeiter waren zu hören.

Aber so still es auch draußen nach Mitternacht wurde, ab und zu fing unter der Treppe in der Nähe unseres Zimmers plötzlich ein Motor an zu brummen, und ein furchtbar unangenehmes Geräusch, als würden Scherben in eine Blechschüssel geschüttet, drang ans Ohr. Verursacht wurde es von einem Automaten, der für zwei Zehn-Yen-Münzen eine Portion kleiner Eiswürfel herausließ. Es gab wohl immer Kranke, die auch nachts Eis benötigten, oder Angehörige der Patienten, die es bei der schwülen Hitze nicht mehr aushielten und etwas Kaltes trinken wollten. Obwohl ich wußte, daß es nur das Geräusch von Eisstücken war, lauschte ich doch jedesmal angespannt, wenn jemand spät in der Nacht den Automaten bediente.

Mein Vater gehörte zu denen, die nachts hellwach waren. Vielleicht weil er tagsüber döste, bekam er nachts einen klareren Kopf und quälte Mutter gerade dann mit vielen Forderungen. Sie mußte sich um seine Exkremente kümmern, sein Bettzeug zurechtziehen oder seinem Arm ein Kissen unterlegen, wenn er taub geworden war. Das alles waren zwar lauter Kleinigkeiten, aber Mutter, die auf dem Boden schlief, wurde jedesmal aufgeweckt, so daß sie bald an Schlafmangel litt.

„Ihm macht es nichts aus, denn er schläft ja den lieben langen Tag. Aber wenn er auch mich nachts nicht in Ruhe schlafen läßt, werde ich krank. Alle fünf Minuten fängt er wieder an und ruft: ‚He, du!'."

Immer wenn jemand von uns auf Krankenbesuch kam, beklagte sie sich ausgiebig. Als die Einlieferung ins Krankenhaus beschlossen worden war, hatte sie Vater im voraus gewarnt, ohne sich zu vergewissern, ob es wirklich so kommen würde: „Dort machen anscheinend alles die Krankenschwestern. Ich werde abends natürlich nach Hause gehen." Das sollte wohl heißen, sie müsse sich ja irgendwo ausstrecken, um schlafen zu können, aber sie habe keine Lust, im Krankenhaus zu übernachten und auf diese Weise Stammkundin im öffentlichen Badehaus zu werden. Übrigens hatte sie sich damit total verrechnet, und gleich von Anfang an mußte sie nachts bei Vater bleiben, worüber sie sich sehr ärgerte.

Mutter mit diesem eigensinnigen „He, du!" zu rufen, war eigentlich eine von Vaters schlechten Angewohnheiten, wenn er Alkohol trank. Da wollte er sie immer bei sich haben. Ging sie nur einmal kurz in die Küche oder auf die Toilette, kam gleich das „He, du!". Als Vater nach dem Krieg in die zivile Welt zurückgekehrt war, veränderte sich wohl auch sein körperlicher Zustand, denn er vertrug nun immer weniger Alkohol. Besonders in den letzten Jahren bekam er schon nach einem Glas Bier ein blasses Gesicht. Jetzt, da diese Krankheit von ihm Besitz ergriffen hatte, rief er Mutter aber wieder in demselben Ton wie damals, als er ein Trinker war. Und wie wir als Kinder zu jener Zeit davon gepeinigt worden waren, so fiel sein Gebrüll nun den anderen Leuten im Krankenhaus zur Last.

Mutter wartete immer ab, bis er eingeschlafen war, und schlich dann auf Zehenspitzen aus dem Zimmer, um im Waschraum eine Etage tiefer die schmutzige Wäsche zu waschen. Aber meist wurde es vereitelt. Denn sobald er aufwachte und bemerkte, daß sie weg war, vergaß er seine schwere Krankheit und brüllte energisch: „He, du!" . . . „Heee!"
Er hörte nicht auf, bis Mutter herbeigeeilt kam, und er ging damit den Kranken in den umliegenden Zimmern auf die Nerven. Ich hätte nie gedacht, daß er auch hier noch seine Frau mit diesem „He, du!" herumkommandieren würde. Mutter meinte, das Geschrei erinnere sie sogar an die Zeit, als sie jung verheiratet waren: „Gleich nach der Hochzeit fing es damit an. Wenn er abends in die Dienstwohnung zurückkam, sagte er zu mir nur: ‚He, du, bring Tee!' und verschwand gleich mit einem Buch unterm Arm in seinem Arbeitszimmer. Er kam nie heraus, nahm sich auch nicht die Zeit, einmal mit mir zu plaudern. Jahr für Jahr kaufte er ständig neue Bücher, denn Lesen war sein Hobby. Die hohen Rechnungen von der Buchhandlung brachten mich wirklich oft zum Heulen. Und wenn er was wollte, kam dieses ‚He, du!'. ‚He, du, bring Tee!' oder ‚He, du, ich habe Hunger!' . . . Wohin ich auch gehen wollte, und war es nur ein kleiner Einkauf, er ließ mich nicht in Ruhe. Immer nur: ‚He, du! He, du!' Und wenn er mich nicht mehr brauchte, sagte er: ‚Jetzt kannst du wieder gehen.' Dieser Idiot!"
Die Zeit, als die beiden frisch verheiratet waren, lag schon furchtbar lange zurück. Das muß um das Jahr 1920 gewesen sein, sie wohnten damals in Kure oder so. Er war ein achtundzwanzigjähriger Kapitänleutnant, ein Bücherwurm, der sich nicht um seine Frau kümmerte. Und sie, erst zwanzig Jahre alt, wartete immer brav im Zimmer nebenan, bis ihr Mann sie rief . . . Das geziemt sich so für die Frau eines Soldaten, dachte mein Vater ohne

Zweifel. Nicht nur er, auch die meisten anderen Marineoffiziere aus seiner Klasse waren wohl der Meinung, es gehöre zum guten Ton und wäre allgemein anerkannt, die eigene Frau so zu behandeln. Oder vielleicht kannten die vor der Jahrhundertwende geborenen Männer wie Vater keine andere Art der Liebeserklärung als dieses „He, du!".

Es gab eine Geschichte, mit der sich Mutter so oft brüstete, daß sie uns Kindern schon zum Halse heraushing. Wenn sie in den ersten Jahren ihrer Ehe Besuch von seinen Klassenkameraden bekamen, wurde Mutter von allen gelobt: „Ino, du hast etwas, dessen du nicht würdig bist. Deine Frau!" So lästerten sie beim Trinken über Vater. Der Betroffene muß innerlich auf seine Frau stolz gewesen sein, aber sicher verletzte die Erinnerung daran auch irgendwo seine Eitelkeit. Denn wenn Mutter uns diese Episode erzählte, verfiel sie immer in den Dialekt ihrer Mädchenzeit und fuhr fort: „Hätt damals mein Vater noch gelebt, wär ich sicher nicht bei eurem Papa gelandet. Er hätt mich nicht mit dem ersten besten Soldaten verheiratet."

Mutter meinte, sie hätte als die jüngste von drei Töchtern das schlechteste Los gezogen. Vater sei zwar ein solider, gutaussehender Mann gewesen, aber er stammte aus einer heruntergekommenen Kriegerfamilie niedrigen Ranges in der Provinz Okazaki. Dagegen sei ihr Vater aus einer angesehenen Familie in Hagi gekommen, deren jeweiliges Oberhaupt seit Generationen als oberster Vasall dem Hause Mori gedient hätte. Der Rangunterschied zwischen den beiden Familien sei einfach zu groß gewesen. Es war Ironie des Schicksals, daß vor der Hochzeit die Militärpolizei zu ihr kommen mußte, um nach damaligem Brauch Nachforschungen über ihre Herkunft anzustellen.

„Mein Vater war Präfekturgouverneur. Jeden Morgen wurde er mit einer Rikscha von unserem Haus in Osaka im Stadtteil Tosabori abgeholt und ins Amt gefahren. Die Kinder aus der Nachbarschaft kamen scharenweise angerannt, liefen hinter dem Wagen her und riefen bewundernd: ‚Fremder! Fremder!' Denn er war ein großer, gutgebauter Mann mit langem Bart und einem Spazierstock."

Aus Mutters Geschichten war herauszuhören, daß ihre Familie, als die Ehe zwischen den beiden vermittelt wurde, in gewisser Weise verächtlich auf Vater herunterschaute, wie auf den Sohn eines Provinzkriegers. Mutter, die wohlbehütet mitten in Osaka aufgewachsen war und von der Welt nichts wußte, sah in ihm sicher auch nur einen armen, ungehobelten Studenten aus einer zugrunde gerichteten Familie, der in Tokyo auf eine bessere Zukunft hoffte. Es war ein schrecklicher Fehler gewesen, einen solchen Mann zu heiraten. Marineoffiziere wurden, abgesehen von denen, die im Dienst des Marineministeriums standen, auch in Friedenszeiten im Inland von einem Militärhafen zum anderen versetzt. Sie konnten kein eigenes Haus haben, sondern lebten immer nur in Dienstwohnungen oder Mietshäusern. Daher wechselten auch dauernd die Dienstmädchen, die nicht alle Mutters Erwartungen entsprachen. Erst als Vater über vierzig war, konnte er sich hier in Kugenuma am Strand ein Grundstück kaufen und ein Eigenheim bauen. Damals in den zwanziger Jahren war Kugenuma noch ein Badestrand für die Leute aus Tokyo und ein Kurort für Kranke. Rundherum gab es lauter Wassermelonenfelder, und im Sommer wimmelte es von Flöhen. Ein eigenes Haus war wohl ein lange gehegter Traum von Mutter gewesen, aber dieses dem Wind ausgesetzte Grundstück entsprach eher Vaters Geschmack. Den Haushalt überließ er immer ganz seiner Frau, weil er der Meinung war, die Verwaltung der Finanzen sei nicht die

Aufgabe eines Soldaten. Dafür erwartete er auch, daß sie sich nicht in seine Angelegenheiten einmischte. Vater und seinesgleichen betranken sich ständig und sprachen Tag und Nacht nur über den Krieg, was für ihre Frauen unerträglich war. Diese hätten viel mehr Ruhe gehabt, wenn ihre Männer in den Krieg gezogen wären.

Und dann Vaters Mißgeschicke im Suff! Auch diese Geschichten hatten wir schon satt. Als sie in Kure wohnten, kam Vater einmal spät in der Nacht betrunken nach Hause und schlief gleich selig ein. Unterwegs hatte er aber einen großen Felsbrocken einen Abhang hinuntergerollt. Unten war man über den unerwartet heruntergekommenen Felsen in Aufruhr geraten, und sogar dem Marinestationschef wurde Bericht erstattet . . . Ein anderes Mal schlief Vater, der damals Adjutant war, seinen Rausch nach einer Sauftour in einem Abwassergraben aus. Er war schuld daran, daß am folgenden Morgen sein Kriegsschiff verspätet auslief. Mutter lag ahnungslos im Bett und wurde bei Tagesanbruch vom ohrenbetäubenden Geschrei der Matrosen geweckt, die den Vermißten suchten: „Herr Adjutant! Ist der Herr Adjutant nicht da?" . . . Einmal legten sie irgendwo an und übernachteten in einem Hotel. Da zog Vater die dortige Dienstkleidung an und spielte einen Hoteldiener. Die Untergebenen, die ihn suchen kamen, waren verblüfft . . . In der Marine herrschte strenge Ordnung, und alles mußte fünf Minuten vor der Zeit erledigt werden. Zu spät aufs Schiff zu kommen war ein unentschuldbares Vergehen, das hart bestraft wurde, und das genügte schon, um seinem Ruf als Soldat zu schaden. Tatsächlich entging der Personalbehörde keine einzige von Vaters Ausschweifungen. Seine Beförderung ging sehr schleppend voran, weshalb er immer der Allerletzte seiner Klasse war. Mutter mußte ihren Traum aufgeben, einmal die Gattin einer Exzellenz zu sein.

An die Vorfälle seit unserem Umzug nach Kugenuma kann ich mich selbst gut erinnern. Vater war damals wegen seiner unrühmlichen Vergangenheit auf einen leichten Posten im Marineamt strafversetzt worden, wo er Büroarbeit verrichten mußte. Aber auch das war nicht das Richtige für ihn. Denn oft kam er, nachdem er sich in Tokyo betrunken hatte, mit irgendwelchen Leuten nach Hause, um dort weiterzutrinken. Da er so viele mitbrachte, wie er wollte, hatten Mutter und das Dienstmädchen alle Hände voll zu tun, für Essen und Getränke zu sorgen. Wenn keine Gäste da waren, mußte Mutter ihm Gesellschaft leisten. Dann kam natürlich sofort dieses „He, du! Komm her!". Er war so laut, daß wir Kinder aus dem Schlaf gerissen wurden und die Ohren spitzten, was wohl weiter geschehen würde. Manchmal blieb es dabei. Befriedigte ihn aber die Gesellschaft seiner Frau nicht mehr, so ging er los, um Bekannte zu wecken. Seine Opfer waren der Wirt des Nudelrestaurants und der Fischhändler in der Bahnhofstraße. Sie wurden herausgeklingelt und mußten mit ihm im Taxi zum Trinken in die Stadt fahren. Da er Soldat war, wagten sie nicht, sich seiner Aufforderung zu widersetzen. Trotz Müdigkeit hatten sie bis in die frühen Morgenstunden auszuharren und sich seine lächerlichen Belehrungen anzuhören...
An den Tagen danach machte Mutter dann mit zwei Schachteln Süßigkeiten die Runde, um sich bei den Bekannten zu entschuldigen.

„Wenn Vater wenigstens nicht getrunken hätte, wäre es uns viel früher möglich gewesen, ein Haus zu bauen, und wir hätten uns auch einigen Luxus leisten können..." Es war nicht verwunderlich, daß Mutter sich beklagte. Verglichen mit anderen Offiziersfrauen, die von ihren Männern mehr geachtet wurden, hatte Vater sie allzu schlecht behandelt. Als einzige Hoffnung blieb ihr eine bessere Zukunft für ihre kleinen Söhne. Vater hatte auf der ganzen Linie gegen sie, deren er „nicht würdig" war, gesiegt. Hatte er sich nicht dadurch an ihrer grenzenlosen Eitelkeit gerächt, daß er fest entschlossen auf seine Karriere verzichtete und Mutter jeden materiellen Wohlstand vorenthielt?

Warum nur kam es so weit, daß Vater sich durch seine Trinkerei ruinierte? Diese Frage beschäftigte mich erst, als ich selbst zu trinken begann. Man ergibt sich dem Alkohol natürlich deshalb, weil man ihn mag, aber es ist auch eine Frage des Willens. Das waren bei Vater jedoch nicht die einzigen Gründe. Was war aus seiner ursprünglichen Motivation geworden, die ihn dazu bewogen hatte, sich bei der Marine zu bewerben? Er hatte sicher in jungen Jahren von Helden geträumt – vielleicht nicht gerade von General Heihachiro Togo, aber mindestens von Leuten wie Takeo Hirose oder Tsutomu Sakuma... Jetzt glaubte ich, ihn verstehen zu können, und erkannte das Unglück, das am Anfang seiner großen militärischen Karriere auf den Jugendlichen gelauert hatte. Jedoch nicht nur das hatte ihn dazu veranlaßt, ein Trinker zu werden. Denn auch Vater war ein schwacher Mensch... Da war nämlich noch die Sache mit unserem ältesten Bruder gewesen, über den Vater nun kaum mehr sprach. Auch Mutter, Ryoji und ich taten schon seit fünfzehn Jahren so, als hätten wir diesen Bruder vergessen.

Wie sehr mußte sich Vater damals vor 45 Jahren gefreut haben, als seine Frau bei der ersten Geburt einem gesunden Sohn das Leben schenkte! Aufgrund meiner eigenen Erfahrung konnte ich mir das gut vorstellen. „Ich opfere diesen Jungen dem Sohn der Sonne, trage das Schwert an der Hüfte und schütze ihn", dichtete Vater überglücklich und schrieb diese unheilvollen Worte auf den weißen Rand des Geburtsfotos. Er hatte sich gewiß zuerst einen Sohn gewünscht und hoffte, daß dieser einmal, in seine Fußstapfen tretend, ebenfalls auf die Kadettenschule auf der Insel Edajima gehen würde ... Aber dann geschah das Unglück, als die Kapitänleutnantsfamilie in Jinhae auf der koreanischen Halbinsel lebte. Ein einheimisches Mädchen sollte sich um seinen Sohn kümmern, der endlich ins Krabbelalter gekommen war. Als sie jedoch in Vaters Abwesenheit einen Moment lang nicht aufpaßte, stürzte das Kind von der Veranda und schlug sich stark den Kopf an. Eigentlich nichts Besonderes, aber das genügte schon. Gerade zu der Zeit blühten auf den Feldern in Jinhae überall Kosmeen, und auch im Hintergrund eines Fotos, das damals von dem unschuldigen Jungen aufgenommen wurde, wiegten weiße Kosmeen im Wind ...

Nach einigen Jahren wurde Ryoji geboren, und ein weiteres Jahrzehnt später folgte ich. Dennoch blieb Vater untröstlich. Mutter zwang Ryoji und mich, unserem ältesten Bruder Respekt entgegenzubringen, obwohl er geistig auf der Stufe eines Kleinkindes stehengeblieben war. Unsere Eltern, die über zwanzigmal ihre Wohnung gewechselt hatten, waren im Grunde genommen wegen diesem auch körperlich schwachen Bruder hierher ans Meer gezogen. Als der Krieg ausbrach, war er schon zwanzig Jahre alt.

Kapitel 3

Vom Bett aus hörte ich, wie Vater im Dunkel des Flurs seinen klirrenden Dolch abnahm. Er war gerade nach Hause gekommen. Ich stellte mir vor, wie er von seinem schon etwas lichten Kopf die mit einem schneeweißen Hitzeschutz bespannte Schirmmütze abnahm, sie an den Haken hängte und mit seinen großen Händen den Dolchgürtel lockerte.

Schon am Tag hatte ich erfahren, daß Vater abends zurückkehren würde, wegen des ältesten Bruders. Er hatte von irgendeinem Stützpunkt auf Kyushu ein Telegramm an Mutter geschickt. Nach langer Zeit kam er endlich einmal wieder nach Hause ... Jedoch nicht, um mich zu sehen, sondern in einer gewissen „Angelegenheit". Ausgerechnet jetzt, wo sie auf dem besten Weg waren, den Krieg zu verlieren. Selbst als Offizier konnte er nicht einfach Urlaub nehmen und für mehrere Tage das Kriegsschiff verlassen. Mutter hatte ihm aber viele flehende Briefe geschrieben, so daß er schließlich doch kommen mußte. Sicher war er deshalb schlecht gelaunt ...

Unsere Schulferien hatten schon begonnen. Am frühen Abend hatte ich noch eine Weile auf Vater gewartet, aber da die Schlafenszeit für Kinder längst überschritten war, kroch ich artig unter das Mückennetz. Der Zug schien Verspätung zu haben. Als Vater endlich klopfte, lag ich noch wach, stand aber nicht mehr auf. Obwohl nicht abgeschlossen war, schlug er mit der ganzen Kraft seiner Faust auf die dicke Glastür, so daß sie zu bersten drohte. Wie immer hörte er damit nicht auf, bis Mutter ihm von innen öffnete.

Er hatte tatsächlich schlechte Laune und murmelte nur ein paar Worte, als er hereinkam. Unwillkürlich zog ich unter der Decke meinen Kopf ein. Es machte mich glücklich, daß er da war, gleichzeitig jagte es mir aber Furcht ein. Ein großer, schwarzer Schatten war plötzlich hereingekommen, und damit schlich auch etwas Unheilbringendes ins Haus... Zum Schutz vor Luftangriffen durfte kein Licht von draußen zu sehen sein. Deshalb brannten nur die allernötigsten Lampen, und auch diese waren mit schwarzen Tüchern verhängt. Vater ging vor Mutter am Zimmer vorbei, in dem unser ältester Bruder und ich schliefen. Bis Ryoji vergangenen Herbst in die Kadettenschule eintrat, hatten hier meine beiden Brüder genächtigt. Ich teilte normalerweise mit Mutter den Raum daneben, aber da heute Vater kam, gab es eine Ausnahme. Durch das Mückennetz konnte ich flüchtig seine weiße Uniform sehen.

„Was macht Teisuke?" hörte ich ihn fragen. Ich hielt den Atem an und stellte mich schlafend, mein Herz fing jedoch an zu klopfen. Ich schämte mich fast vor Freude, daß er sich zuallererst nach mir erkundigte. Andererseits hatte ich die Chance verpaßt, aufzustehen und hinauszugehen. Langsam wich die Kraft aus meiner angespannten Schulter, und ich rollte mich erneut unter der Decke zusammen.

Die beiden schienen sich im Zimmer drüben noch lange gedämpft zu unterhalten. Irgendwie kam es mir unheimlich vor, daß ihre Stimmen manchmal ganz plötzlich leise klangen, und dann wieder normal. Es war ein düsteres Gespräch. Natürlich wußte ich nicht, um welche Geheimnisse es dabei ging. Auch wenn ich es gewußt hätte, als Zehnjähriger wäre ich sowieso nicht in der Lage gewesen, ihrem Plan Einhalt zu gebieten ... Ich ahnte nur, daß sich etwas Ungutes anbahnen würde, was aber sicher nichts mit mir zu tun hatte. Denn als Nesthäkchen wurde ich von den Eltern besonders geliebt. Ich war ja noch ein Kind und im Kopf normal. Wenn es jemandem an den Kragen ging, dann ihm, dem Ältesten, der neben mir lag. Ich konnte beruhigt schlafen.

Mein Bruder wurde zusammen mit mir immer sehr früh ins Bett geschickt. Da er gerade eingeschlafen war, hatte er wohl Vaters Kommen nicht bemerkt. Das war sein Pech. Wie so oft mitten in der Nacht sprang er plötzlich auf und schrie laut. Sicher begriff er jedoch bald, daß irgend etwas anders war als sonst. Das mußte er doch kapieren. Denn als hätte Vater nur darauf gewartet, kam er unter dem Mückennetz nebenan hervorgestürzt und packte einen Kleiderbügel, der im Korb auf dem Sofa lag.

Brüllend zerrte mein Bruder mit seinen affenartig langen Armen an unserem Mückennetz, ohne zu merken, daß Vater bereits neben ihm stand. Die Hängeriemen rissen ab, und das Netz senkte sich sacht auf mein Gesicht. „Jede Nacht ist es dasselbe mit ihm." Mutter richtete sich drüben in ihrem Bett auf. Ihre klagenden Worte hörten sich wie ein Startsignal für die Prügel an. „Ich hau dich windelweich", zischte Vater und ließ auch schon den Bügel auf meinen Bruder niedersausen. Der zuckte zusammen und merkte wohl endlich, wer ihm Schmerz zufügen wollte.

Ich zappelte unter dem heruntergefallenen Netz und wäre fast hervorgekrochen, aber dabei hätte ich womöglich einen Tritt von Vater oder etwas von den Prügeln abbekommen können. Er schwang den Bügel und hieb seinem kranken Sohn, der in die Knie gegangen war, weiterhin wahllos auf Kopf und Rücken ein, wie einem lebendig gefangenen Tier im Netz.

Vater stieß mit einem Ende des Bügels an die Lampe, die bedenklich zu schaukeln anfing. Dabei rutschte auch das schwarze Verdunkelungstuch herunter, und seit langer Zeit wurde das Zimmer einmal wieder hell erleuchtet. „Du, der Lampenschirm . . . !" murmelte Mutter, als sie das Licht flackern sah. Sie saß resigniert unter ihrem Mückennetz. Und ich zitterte in der Ecke. Mein Bruder bedeckte nur noch ganz entmutigt mit beiden Händen seinen kurz geschorenen Kopf, über den sich das Netz gelegt hatte, und vergrub sein Gesicht im Bettzeug. Er klagte nicht einmal über Schmerzen, und ich dachte, daß er vielleicht schon tot wäre. „Gib doch nach, es reicht!" Endlich kam Mutter herüber und griff ein. „Du, entschuldige dich jetzt bei Papa und sag, daß du das nicht wieder machst." Eigentlich hätte er sich ja nicht bei Vater, sondern bei ihr und mir entschuldigen müssen, weil er uns jede Nacht mit seinem Geschrei und Toben aus dem Schlaf riß. Strafe war zwar angebracht, aber Vater ging doch zu grausam gegen ihn vor. Sicher wurde es auch Mutter beim Zuschauen unheimlich. „Ich zeig's dir, bis du nicht mehr stehen kannst!" Er atmete kurz durch und holte dann wieder mit dem Bügel aus. „Man muß ihm aufs Schienbein hauen!" Diesmal hatte er es auf die bloßgelegten Beine meines Bruders abgesehen. Der Schlag auf den Knochen klang dumpf. „Genau so muß man auf den Knochen hauen!"

Mein Bruder, der sich den ganzen Tag nur im Haus aufhielt und nie in die Sonne ging, war fast zum Skelett abgemagert, so daß es kinderleicht war, bei ihm die Knochen zu treffen. Aber Vater hätte sich ersparen können, uns eine richtige Prügelmethode beizubringen, denn Mutter als schwache Frau und ich als Kind wären sowieso nie allein gegen ihn angekommen.

Der stabile Kleiderbügel brach schließlich in der Mitte durch. Vater schleuderte den Rest, den er noch in der Hand hielt, auf den Boden und schnappte nach Luft. Sein Schlafanzug war an der Brust aufgegangen, und unwillkürlich wandte ich meinen Blick von seiner geröteten Haut ab. „Jetzt kannst du zwei, drei Tage nicht mehr laufen", zischte er und ging zu seinem Bett zurück. Dort steckte er sich zunächst im Schneidersitz eine Zigarette an, denn er hätte ohnehin nicht gleich einschlafen können. Während er den Rauch einsog und ausblies, ging sein Atem hastig, und es dauerte lange, bis er zur Ruhe kam.

Mutter sammelte die Hängeriemen ein, befestigte sie und hängte das Mückennetz wieder auf. Dann kroch ich darunter. Mein Bruder hatte sich zusammengekauert, als wäre er gefesselt. Er versuchte mit aller Kraft, den Schmerz zu unterdrücken, aber es gelang ihm nicht ganz. Sein Stöhnen klang zuweilen wie das schwache Wimmern einer Flöte, dann wie Kichern, als ob er gekitzelt würde. Mutter stand vor dem Netz und starrte auf ihren Sohn, der sich nicht mehr regen konnte. In ihrem weißen Nachthemd sah sie aus wie ein Gespenst.

Was nützte es jedoch, wenn sie ihn jetzt mit feuchten Augen betrachtete? Sie hatte schließlich Vater herbestellt und genau gewußt, wie er reagieren würde. Er schnarchte inzwischen seelenruhig. Immer wieder erinnerte ich mich an seine entblößte Brust. Eines Tages würde er vielleicht meinen ältesten Bruder umbringen ... Zum erstenmal in meinem Leben empfand ich Vater gegenüber aus tiefstem Herzen Furcht. Wie konnte er seinen eigenen Sohn nur dermaßen verprügeln? Der konnte doch nichts dafür, daß er durch die Krankheit bedingt manchmal ins Toben geriet, und wußte dabei wohl selbst nicht, was mit ihm geschah. Weil er krank war, konnte er nicht zur Schule gehen, und als Erwachsener auch nicht in den Krieg . . . Trotz allem war Vater nun ebenfalls durchgedreht und hatte gebrüllt, auf die Knochen muß man ihm schlagen, auf die Knochen muß man ihm schlagen!

Ich versuchte mir den Kriegsschauplatz vorzustellen, von dem Vater heute nacht gekommen war und an den er bald zurückkehren würde. Wie in dem Film, den wir in der Schule gesehen hatten, würde auch seine tägliche Arbeit und die seiner Kameraden aussehen: Mit mehreren Scheinwerfern suchten sie wie besessen die dunklen Regenwolken über dem offenen Meer ab. Da erinnerte ich mich an etwas, was Vater vor langer Zeit einmal Mutter erzählt hatte. Er habe einen ungehorsamen Matrosen an Deck zusammengeschlagen und dann von Bord ins Wasser geworfen . . . Das klang vergnügt, so als fände er nichts Besonderes dabei. Womöglich war mein Vater ja ein ganz brutaler Mensch.

Am nächsten Morgen war ich der letzte, der aufstand. Auf dem Weg ins Bad stieß ich im Flur mit meinem Bruder zusammen, der bleich und schweigend durchs Haus ging. Vater hatte gesagt, er würde ein paar Tage nicht mehr laufen können. Als ich ihn jedoch zwar hinkend, aber auf den Beinen sah, war ich fast ein wenig enttäuscht. Wie so oft schwirrten ihm auch gerade einige aufdringliche Fliegen um den kurzgeschorenen Schädel. Vater saß schon im Eßzimmer und unterhielt sich gutgelaunt mit Mutter.

Mein Bruder nahm zum Frühstück Mutter gegenüber an der Seite des Tisches Platz, und ich setzte mich vor Vater. Hier hatte früher immer Ryoji gesessen, bis er auf die Kadettenschule kam. Von Vaters Stuhl hielten wir uns aber auch in seiner Abwesenheit respektvoll fern. Mutters ältere Schwestern und Nichten, die oft zu Besuch kamen, mieden ihn ebenfalls, und wenn sich doch eine aus Versehen dort niederließ und es erst hinterher bemerkte, fielen Worte wie: „Ach, das ist ja Teisaburos Platz." Oder: „Oh, ich sitze auf Onkels Stuhl." Und jetzt saß dort seit langer Zeit wieder einmal der rechtmäßige Eigentümer persönlich, nicht uniformiert, sondern ganz entspannt in einem neuen Baumwollkimono. Vielleicht dachte mein Bruder, er würde erneut geschlagen werden, denn er kam erst, nachdem Mutter ihn laut gerufen hatte.

Er rückte mit beiden Händen immer wieder geräuschvoll seinen Stuhl zurecht und ordnete, einen Hustenanfall vortäuschend, das auf dem Tisch stehende Eßgeschirr. Wir achteten schon gar nicht mehr auf seine Angewohnheiten. Da fiel mir aber unvermeidlich auf, daß sein linkes Ohr etwas aufgerissen war und dunkles Blut daran klebte. Und als er nach den Eßstäbchen griff, sprangen mir die Spuren der Prügel an seinem Handgelenk ins Auge ... Wie sollte ich mich verhalten? Auf jeden Fall wollte ich vor den Erwachsenen verbergen, daß ich mich wegen gestern abend noch fürchtete. Ich konnte ja auch nicht einfach Vater daraufhin ansprechen. Es stieß mich ab, wie mein Bruder schmatzend den Reis hinunterschlang und die Suppe schlürfte, so gierig, als gäbe es nichts Wichtigeres als Essen. Vater warf jedoch nur hin und wieder einen Blick auf seinen unglücklichen Sohn und erwähnte mit keinem Wort die Geschehnisse vom Vorabend.

Ich erinnerte mich beschämt an meine Briefe, die ich Vater geschickt hatte. Dabei war ich immer von dem Wunsch erfüllt gewesen, daß er nicht fallen würde. Mutter schrieb ihm regelmäßig und forderte auch mich stets auf, ein paar Zeilen mit in den Umschlag zu legen. Dann riß ich eine Seite aus meinem Schulheft und beschrieb sie mit einem Bleistift. Meist fiel mir aber nichts anderes ein als: „Lieber Vater, wie geht es Dir? Mir geht es gut." Und weil ich keine Lust mehr hatte weiterzuschreiben, füllte ich den Rest des Blattes noch mit einer flüchtigen Wachskreidezeichnung. Vater beantwortete jedoch alle meine Briefe. Einmal schrieb er: „Dein Foto mit dem Ranzen, vom ersten Schultag in der Volksschule, habe ich vergrößern lassen. Jetzt hängt es im Bilderrahmen in Papas Offiziersbüro." Er benutzte immer einen dicken Pinsel, und das meiste von seiner kursiven Schrift konnte ich nicht entziffern. Wie um mich zu ermutigen, schrieb er auf die Rückseiten meiner nachlässigen Zeichnungen mit rotem Korrekturstift „Ausgezeichnet" und schickte sie mir extra wieder zurück. Das war wie Fernunterricht zwischen mir als Schüler und Vater auf dem Kriegsschiff als Lehrer. Vermutlich wußte er nicht, daß man an der Volksschule nicht mehr wie an den früheren Grundschulen mit „Ausgezeichnet", „Gut" und „Befriedigend" benotete, sondern mit „Eins", „Zwei" und „Drei".

Übrigens verhielt ich mich Vater gegenüber, der so eifrig um meine Bildung bemüht war, äußerst schäbig. Erst kürzlich hatte ich die Biographie „Der große General Isoroku Yamamoto", die er mir eigens von Kyushu geschickt hatte, heimlich in der Buchhandlung bei uns in der Nähe gegen einen viel interessanteren Abenteuerroman umgetauscht. In diesem Laden bekam man für ein altes Buch einen gewissen Teil des ursprünglichen Preises zurück, wenn man dafür ein neues aus dem Angebot kaufte. Das hatte ich seit langem gewußt und nun ohne weiteres ein Buch weggegeben, auf dessen Innenseite die noch ganz frische, mit Tusche geschriebene Widmung stand: „Für Teisuke, von Vater". Mutter bekam das jedoch noch am selben Tag heraus. Sie war empört, daß ich ausgerechnet ein von Vater signiertes Buch aus der Hand gab, das ich nicht einmal gelesen hatte. Statt mich auszuschimpfen, rannte sie mit erregtem Gesicht zum Buchhändler und kaufte gegen Aufpreis „den General Isoroku

Yamamoto" zurück, in dem sie vielleicht den idealen Offizier sah. Natürlich behielt sie es für sich und ersparte Vater die Enttäuschung, aber seit dem vergangenen Abend ließ mich die Erinnerung an den Vorfall zittern.

Weil Vater es eilig hatte, wieder auf sein Schiff zurückzukehren, ging danach alles sehr schnell. Nachmittags kam ein Arzt ins Haus, und ich begriff, daß Vaters unerwarteter Besuch damit zu tun hatte. Er wollte bei diesem Mann Rat holen. Als ich seinen Namen aufschnappte, wußte ich, daß es ein Chirurg aus Fujisawa war. Seine Klinik lag auf meinem Schulweg, und ich blieb immer vor der großen Tafel am Tor stehen, um die mir schon bekannten Schriftzeichen zu entziffern. Auch sein Name war darauf vermerkt. Durch einen Türspalt beobachtete ich den Gast, der auf dem Sofa im Empfangszimmer lehnte, es war ein großer Mann mit einem dichten Schnurrbart in seinem glänzenden Gesicht, und er lachte laut. Aber warum nur war so einer gekommen und kein Gehirnspezialist? Das war noch nie vorgekommen.

Zuerst unterhielten sich meine Eltern mit ihm. Nach einer Weile wurde mein Bruder hereingerufen, und als ich mich ebenfalls dem Zimmer näherte, sagte Mutter, ich dürfe nicht hinein, und schloß die Tür. Auch das war noch nie vorgekommen. Ich versuchte eine Erklärung dafür zu finden, aber mit meinem kindlichen Vorstellungsvermögen kam ich nicht sehr weit. Sie berieten über irgendein fürchterliches Geheimnis. Mit dem Körper meines Bruders sollte sicher etwas geschehen. Vielleicht eine Gehirnoperation? Der große Mann mit der heiseren Stimme würde ihn packen und mit dem Messer in seinen verwirrten Kopf stechen, und ich ekelte mich bei dem Gedanken an diese blutrünstige Szene. Wenn man ihm das Messer zeigte, würde er bestimmt verzweifelt herumtoben. Und sein Gegenüber würde vor Zorn das Messer in ihn stoßen! . . . Als die Unterredung beendet war und der Arzt aufbrach, näherte ich mich der Haustür und versteckte mich hinter einer Wand. Beim Vorbeigehen bemerkte er mich und lachte mir kurz zu.

Vater hatte sich entschieden. Noch am selben Abend verließ mein Bruder das Haus. Auch sein Bettzeug wurde in einem Handkarren weggebracht. Da Mutter bei ihm in der Klinik übernachtete, kam eine alleinstehende Tante aus Kamakura, um für uns zu sorgen. Und am Abend des folgenden Tages brach Vater eilig auf, denn er mußte wieder zu seinen Untergeordneten auf das Kriegsschiff zurück.

Nach etwa zehn Tagen wurde mein Bruder aus der Klinik entlassen. Ich stellte mir vor, wie er mit einem Verband um den Kopf gewickelt und vollkommen gezähmt heimkehren würde. Meine Eltern hatten ja gemeint, wenn die Operation gelänge, würde er nicht mehr so herumtoben wie früher. Als er jedoch aus dem Wagen stieg, trug er weder einen Verband, noch waren Spuren einer Operation an seinem Kopf zu sehen. Nur sein Gesicht war totenblaß. Er mußte viel Blut verloren haben . . . Das erfuhr ich erst später von Mutter, die die ganze Zeit bei ihm in der Klinik gewesen war. Nach dem Eingriff war sie zu ihrem Sohn in den Operationssaal gerufen worden und fand den gekachelten Boden von Blut überschwemmt . . . Es war keine Gehirnoperation, sondern eine Kastration gewesen. Das hatte ich nicht geahnt.

Mein Bruder kehrte um die Mittagszeit zurück. Er wurde von Mutter an der Hand langsam über den Flur ins Eßzimmer geführt, wo er sich setzen konnte. Auf seinem Weg hinterließ er einen leichten Krankenhausgeruch. Ich stellte mich neben ihn. Auch im Sitzen hielt er den Kopf gesenkt. Komisch, dachte ich.

„Dein Bruder hat zu sehr herumgetobt, deshalb hat der Arzt gemacht, daß er ruhig wird." Das hatte Mutter schon gesagt, bevor er in die Klinik gekommen war. Sie machte ein heiteres Gesicht, als wäre das so einfach wie ein Zaubertrick gewesen, und als hätte der Arzt wirklich großen Erfolg gehabt.

Mein Bruder ließ seinen kurzgeschorenen Kopf immer noch hängen, und in dem Augenblick, da Mutter unter sein weißes Gesicht eine alte Schale aus der Küche stellte, wußte ich plötzlich, daß mit ihm etwas Seltsames geschehen war. Aus seinem Mund troff nun ununterbrochen Speichel. Da die Schale nach einer halben Stunde schon voll war, mußte Mutter die Flüssigkeit, die sich angesammelt hatte, weggießen. Aber auch in dieser kurzen Zeit sabberte er weiter. Es war also noch eine Schale oder Schüssel nötig, und dauernd mußte jemand neben ihm sitzen, um im richtigen Moment die Gefäße auszuwechseln. Diese mußten auch genau an der richtigen Stelle plaziert werden. Wenn man nicht aufpaßte, troff der Speichel auf den Tisch. Den versuchte er dann mit seinen Ärmeln wegzuwischen. Er tobte zwar nicht mehr herum, aber dafür gab es nun eine neue Aufgabe für uns.

Von jenem Abend an schlief ich wieder mit meinem Bruder unter einem Mückennetz. Der Krankenhausgeruch, der sich in seinem Bettzeug und Schlafanzug festgesetzt hatte, peinigte mich anfangs. Immer wenn er mir in die Nase stieg, mußte ich an das Gesicht dieses Arztes, an die geheimnisvolle, blutrünstige Operationsszene denken... Sicher war etwas Unerhörtes angerichtet worden. Mein Bruder hatte sich bestimmt nur deshalb so seltsam verändert, weil die Operation schiefgelaufen war. Jedoch kam mir weniger der Arzt als vielmehr mein Vater grausam vor. Denn der hatte sich das wahrscheinlich alleine ausgedacht und ihm seinen Sohn leichtfertig überlassen... Mutter war dem Doktor aber überaus dankbar und brachte ihm sogar ein Geschenk.

Allmählich verflüchtigte sich der Krankenhausgeruch, der an meinem Bruder haftete. Wenn er sich abends ins Bett legte, stellte Mutter an seinem Kopfende die Schale bereit. Auch nachts sammelte sich in seinem Mund die Spucke, so daß er nicht schlafen konnte und sich im Dunkeln immer wieder aufrichtete, um nach dem Gefäß zu suchen. Ständig hörte ich das Geräusch, wie er inbrünstig ausspuckte, als würde ihm das Vergnügen bereiten. Woher kamen nur diese Unmengen an Speichel? Manchmal kippte er aus Versehen die Schale um, dann lief die Flüssigkeit auch auf mein Bettzeug. Dort, wo sich mein Bruder aufhielt, verbreitete sich der faule, beißende Gestank des klebrigen Speichels, der tagsüber wie nachts nur langsam vor sich hin trocknete. Allmählich gewöhnte ich mich auch an diesen Geruch. Er wurde sozusagen zu einer vertrauten, unvergeßlichen Erinnerung an meinen Bruder, der nun geschlechtslos geworden war.

Das war also die „Angelegenheit" gewesen, wegen der sich Vater in der bitteren Kriegszeit hatte beurlauben lassen. Das war der „Inhalt" der Geheimunterredung meiner Eltern an jenem Abend gewesen. Was für ein Skandal ... Erst als ich erwachsen wurde, begann ich über den elenden Zustand meines Bruders damals nachzudenken. Auch wenn meine Eltern einen Grund dafür gehabt hatten, beim Gedanken an den konkreten Vorgang der Operation konnte ich ihnen gegenüber nur noch Abscheu empfinden. Vater würde ich das ein Leben lang nicht verzeihen, genausowenig Mutter, die ihn unterstützt hatte. An dem Abend, als Vater in seiner Uniform mit dem Dolch an der Hüfte heimkam, hatte ich noch ewig lange ihre finsteren Stimmen gehört. Zunächst hatten sie sich im Wohnzimmer unterhalten, dann in ihrem Schlafzimmer. Ab und zu unterbrachen sie ihr Geflüster und lachten sogar. Was für ein hohles, düsteres Lachen ... Ich war jedoch noch zu jung, um ihr erbärmliches Begehren in jener Nacht nachvollziehen zu können.

Einige Zeit später kam an einem Nachmittag die Tante aus Kamakura zu Besuch. Sie trank mit Mutter am Eßzimmertisch Tee, und zwischen sich hatten sie meinen Bruder. Wie immer saß er untätig mit triefendem Mund vor seiner Schale, wenn er nicht gerade auf dem Klo war. Nach einer gewissen Zeit spuckte er den Speichel aus, der sich von allein angesammelt hatte. Als wollte er alle Aufmerksamkeit auf sich lenken, setzte er sich auf seinem Stuhl zurecht, bewegte den Mund und spuckte so übertrieben laut, als sollte auch Schleim mit heraus. Von morgens bis abends war dieses lästige Geräusch zu hören. Inzwischen hatte er sich angewöhnt, selbst dann mit aller Gewalt auszuspucken, wenn nicht viel Speichel zusammengelaufen war, und die Schale war zu seinem Spielzeug geworden.

„Eine schlechte Angewohnheit...", sagte Mutter mehr zu sich selbst als zu ihrer älteren Schwester und warf dabei einen Seitenblick auf ihn. Die Tante schaute ihren Neffen verwundert durch ihre Altersbrille an und streckte wieder einmal ihre Hand aus, um die Schale pedantisch zurechtzurücken.

Ich kauerte ein wenig abseits in dem alten Rattanstuhl in der Küchenecke und beobachtete die Frauen, wie sie sich unterhielten. Dieser Platz im Halbdunkel gefiel mir. Ich liebte es, auf dem Stuhl, dem ein Bein abgebrochen war, zu schaukeln und ihn knarren zu lassen. Außerdem war es in diesem Winkel an glühend heißen Tagen wie heute sogar um die Mittagszeit angenehm kühl. Denn in die Räume auf der Nordseite des Hauses strich unter der Glyzinienpergola hindurch ein erfrischender Wind. Auf dem Tisch, um den die Erwachsenen saßen, reflektierte sich das Grün der Bäume im Garten, und von weitem sah es wie ein Spiegelbild aus. Selbst der hereinwehende Wind schien grünlich zu sein, und auch mein Bruder war blasser als sonst.

„Und schon immer hat der Junge ein weißes Gesicht gehabt wie ein Mädchen. Barthaare sind auch kaum zu sehen . . .", sagte die Tante, die ihren Neffen eine Weile eingehend betrachtet hatte, zu Mutter. Da richtete auch die Angesprochene den Blick auf ihren Sohn und entgegnete: „Nun ja, nach einer solchen Operation ist es fraglich, ob er noch lange leben wird. Wenn auch im Augenblick noch nichts Ernstes mit ihm ist, tut dieser unnatürliche Zustand sicher nicht gut . . . Aber für ihn wäre es vielleicht besser zu sterben, solange wir noch gesund sind, statt ewig den anderen zur Last fallen zu müssen. Teisaburo sagt immer wieder, er wolle nicht daran denken, was geschähe, wenn er vor ihm sterben und ihn zurücklassen müßte." Die unglückliche Tante, die ihren Mann und ihre Kinder überlebt hatte und auch sonst keine näheren Angehörigen mehr besaß, blinzelte hinter ihren Brillengläsern und hörte der Schwester schweigend zu. Mein Bruder, um den es gerade ging, döste immer noch vor sich hin, als ob das Gespräch mit ihm nichts zu tun hätte. „Dein Mann hat wirklich ständig Sorgen." Die Tante meinte mit übertrieben bekümmertem Gesicht, sie wäre erschrocken gewesen, als Vater kürzlich so abgemagert nach Hause kam. „Er ist stark gealtert, seit ich ihn das letzte Mal sah. In seinen jungen Jahren war er korpulent und hatte so ein rundes Gesicht. Vielleicht fehlt ihm ja was?"

Mutter stellte jeden Morgen ein symbolisches Eßtischchen vor Vaters Foto auf dem Wohnzimmerregal. Das Bild zeigte ihn in Sommerkleidung und weißen Schuhen, er lag an Deck eines Schiffes auf einem Liegestuhl und kniff wegen der blendenden Sonne die Augen zusammen . . . Ich erinnerte mich daran, wie Vater, dessen Schlafanzug über der Brust aufgegangen war, an jenem Abend nach Atem ringend meinen ältesten Bruder mit dem Kleiderbügel verprügelte. Der greisenhafte Mann hatte mit verzweifelter Kraft auf seinen Sohn eingeschlagen, als kämpfte er um sein Leben, oder als würde er selbst von ihm getötet werden, wenn er ihn nicht vorher zur Strecke brachte.

Am Abend nach der Einlieferung meines Bruders in die Klinik kamen die zwei Tanten und meine älteren Cousinen, die schon studierten, und sie gingen alle mit, um Vater zum Bahnhof Fujisawa zu begleiten. Genau wie damals ein Jahr zuvor, als Ryoji auf die Insel Edajima fuhr. Jetzt war die Zeit, in der alle Männer einer nach dem andern aufbrachen. An jenem Tag war es schon morgens düster, und nebelfeiner Regen ging nieder. Vater wollte in Odawara in einen Schnellzug mit Schlafwagen umsteigen. Als der Zug hielt, wuchtete er seinen großen Koffer hinein, ging gleich weiter in ein Abteil und öffnete das Fenster, um allen „auf Wiedersehen" zu sagen. Nur Mutter trat einen Schritt vor und verabschiedete sich mit leiser Stimme. Obwohl er nicht wußte, wann er das nächste Mal kommen würde, lächelte er, vom Alkohol angeheitert und vielleicht auch deshalb, weil er ein schwieriges, seinen Sohn betreffendes Problem endlich gelöst hatte. Der Zug fuhr an, und Vater streckte ein wenig seinen Kopf heraus, um ihn aber gleich wieder zurückzuziehen. Mutter stand noch lange im Regen und winkte mit dem geschlossenen Schirm. Das war mir sehr peinlich. Und Vater war es sicher noch viel peinlicher . . .

„Hör auf, das stört!" Mutter riß mich mit ihrer üblichen mahnenden Stimme aus meinen Gedanken. Ich hatte gerade wieder auf dem Rattanstuhl geschaukelt.

Daraufhin wandte ich mich dem Küchenschrank zu

und begann, die aneinandergereihten Schubladen eine nach der anderen aufzuziehen und hineinzuschauen. Mutter verstaute darin alles mögliche, was unnütz geworden, aber zu schade zum Wegwerfen war. Einen auseinandernehmbaren Handeishobel, einen Griff für den Sukiyaki-Topf, einen Spiritusbrenner für einen Inhalationsapparat und dergleichen mehr... Zusammen mit Bündeln von Lieferscheinen und Gardinenringen war das alles hineingeworfen worden. Sobald ich eine der Schubladen öffnete, schlug mir der Gestank von Kakerlaken- und Mäusekot entgegen, vermischt mit feuchter, schimmeliger Luft. Der öde Geruch eines von den Männern im Stich gelassenen Hauses, eines Hauses ohne Vater und Bruder. Tatsächlich hatte ich ja bisher nur mit Frauen zusammengelebt. Und wie ein verwöhntes Einzelkind war ich vielleicht etwas zu vertraut mit der Küche. Stundenlang konnte ich mit dem Kram dort spielen, ohne daß es mir dabei langweilig wurde. Ich hockte auf dem kaputten Rattanstuhl, tastete wie ein blindes Kind diese Schrottstücke ab und erfreute mich an ihrer seltsamen Form, ihrem Geruch und daran, wie sie sich anfühlten. Ich ließ alte Gummiringe schnipsen und rostige Schiebetürrollen über die Laufschienen des Küchenschranks fahren. Mutter hatte es jedoch nicht gerne, wenn ich die Küche betrat, und immer versuchte sie, mich zu vertreiben: „Das ist kein Ort für einen Jungen!" Das wußte ich selbst. Denn auch ich war ein wichtiger Sohn und würde eines Tages nach Vaters und Ryojis Vorbild auf die Insel Edajima gehen, um Marineoffizier zu werden. Ich glaubte, ebenso wie alle anderen, daß es dazu kommen würde. Wir waren ja eine Marinefamilie... Auch die beiden älteren Brüder meines Vaters, inzwischen schon außer Dienst, hatten der Marine gedient. Ein Cousin war in einem U-Boot mitgefahren und seit dem Frühjahr im südlichen Pazifik verschollen. Und sein

Bruder wollte im Herbst die Eintrittsprüfung für die Kadettenschule ablegen.

Nachdem ich aus der Küche gejagt worden war, lehnte ich mich aus dem Erkerfenster im Kinderzimmer und spie auf den Beton unter dem Vordach, der von der heißen Sonne des Augustnachmittags glühte. Denn mir war in den Sinn gekommen, meinen Bruder nachzuahmen. Ich versuchte, soviel Speichel wie nur möglich auszuspucken. Aber ich konnte es längst nicht so gut wie er. Mein Mund wurde sofort trocken, und meine auf den heißen Stein gefallene Spucke verdunstete im Nu.

Es war nicht nur Vater, der einen hoffnungslosen Kampf zu führen hatte. Auch meinen ältesten Bruder sollte es hart treffen. Im Frühling des folgenden Jahres konnten wir ihn nicht mehr zu Hause in Kugenuma behalten. Seit dem letzten Winter hatten die Luftangriffe auf Tokyo begonnen, und bald schwirrten auch über unseren Köpfen die Bomber von Flugzeugträgern aus den Küstengewässern. Wenn wir bei Alarm in einen Luftschutzkeller fliehen mußten, war mein Bruder für Mutter nur ein Klotz am Bein. Es hatte aber keinen Sinn, ihn in ein nahes Krankenhaus einzuliefern. Wir hatten von dem Gerücht gehört, daß durch eine versehentlich abgeworfene Bombe eine Gehirnklinik getroffen wurde und die meisten Patienten verbrannten. Schließlich schickten wir ihn in ein abgelegenes Krankenhaus in den Bergen von Shinshu. Dort gab es noch zu essen, und die Wahrscheinlichkeit eines Bombenangriffs war gering. Da er ein ruhiger Patient war, bekam er ein Einzelzimmer im ersten Stock, und Mutter überwies jeden Monat mit der Post die Gebühren. Eines Tages würden vielleicht auch wir Kugenuma verlassen und meinem Bruder folgen müssen ... Dieses eine Mal würde Mutter alles alleine zu bewältigen haben, ohne die Hilfe eines anderen.

Früh an einem Augustmorgen bekamen wir ein Telegramm vom Leiter jenes Krankenhauses mit dem Wortlaut: „Ihr Sohn – verschwunden." Genaueres wurde nicht mitgeteilt, aber wir wußten zumindest, daß er ausgerissen war. Während Mutter aus der Fassung geriet, sprang ich vor Freude fast in die Luft, denn nun würde ich seit langer Zeit endlich einmal wieder verreisen können. In aller Eile wurde die Tante aus Kamakura herbeigerufen, und noch am Abend desselben Tages saß ich zwischen den beiden Frauen im Nachtzug der Chuo-Linie.

Der überfüllte Zug fuhr entgegen meinen Erwartungen fürchterlich langsam. Dazu hielt er wiederholt mitten auf der Strecke im Dunklen. Das war mir sehr unheimlich. Der heisere, langgezogene Ton der Dampfpfeife verklang, als würde er jenseits der Ebene geschluckt werden. Wegen der Verdunkelung der Häuser konnte man jedoch draußen nichts erkennen. Ein kleines Kind, das sich wohl vor der Finsternis fürchtete, weinte unaufhörlich. Bald wurde es hell am Himmel. Wir waren in der Nähe von Otsuki. Leute, die hier in der Gegend einstiegen, berichteten von morgendlichen Meldungen im Radio, denen zufolge die sowjetische Armee in der Mandschurei eingefallen sei. Man beriet darüber, wohin die Kinder jetzt evakuiert werden sollten . . . Vor den Fenstern zog ein frischer Sommermorgen auf. Da waren die dunklen Berge und der blaue Himmel Japans, das nun immer mehr in die Enge getrieben wurde . . . Die Gipfel, die einer nach dem anderen vor uns emporragten, faszinierten mich.

Gegen Mittag stiegen wir an einem kleinen Bahnhof, eine Station vor Matsumoto, aus dem Zug. Wir waren auf allen vier Seiten von Bergen umgeben. Die Kette der Gipfel um den Talkessel herum hob sich wie im Traum tiefblau vom klaren Himmel ab, und es wehte ein leichter Wind. Mutter und meine Tante standen geistesabwesend neben ihrem Gepäck und blickten in die Ferne. Auch sie schienen sich in der frischen Brise wohl zu fühlen. Ich war so ausgelassen vor Freude, als ob wir uns auf einem Ausflug befänden. Mutter erkundigte sich bei ein paar Einheimischen schüchtern nach dem Weg zum Krankenhaus, an den sie sich nur noch vage erinnern konnte, und da kam auch mir wieder der Zweck unserer Reise in den Sinn. Während sich die Leute mit Mutter unterhielten, fixierten sie die großen Namensschilder, die an meiner Brust, Feldflasche und Luftschutzkapuze angebracht waren. Ihre Blicke erschreckten mich. Dann wanderten wir zu dritt bei glühender Hitze über einen steinigen Feldweg, den Schatten der vereinzelten Bäume suchend. Mutter hatte eine Bauernhose an und trug den großen Koffer, der sie früher oft auf den Reisen mit Vater begleitet hatte. Meine Tante war ebenfalls mit einer schwarzen Bauernhose bekleidet und hielt in den Händen wie etwas sehr Kostbares einen Reisebeutel, in dem sich vermutlich eine Gebetskette und ihr Postsparbuch befanden. In meinem Rucksack klapperten unaufhörlich die getrockneten Süßkartoffelscheiben in der Dose.

Auf dem Weg zum Krankenhaus kamen wir an einen Fluß, aber leider gab es in der Nähe keine Brücke. Wir gingen über die Wiese den Damm hinunter. Das Flußbett war in der brennenden Hitze fast ausgetrocknet, weißer Staub bedeckte die kleinen Steine. Man konnte kaum von einer Strömung sprechen, denn nur das klare Wasser eines dünnen, seichten Rinnsals glitzerte in der Sonne. Ich überquerte als erster barfuß die Furt, dann zog Mutter ihre Segeltuchschuhe aus. Sie mußte noch die zögernde Tante dazu bringen, ihre Sandalen zu nehmen, und zerrte sie dann am Arm, der den Reisebeutel in die Höhe hielt, über den Fluß. Das Wasser war erfrischend kühl, aber die Tante nörgelte, auch als sie wieder im Trockenen war. Nach einiger Zeit erreichten wir das armselige hölzerne Krankenhaus, das inmitten eines Mischwaldes stand.

Dort wurde uns mitgeteilt, daß mein Bruder bei Tagesanbruch gefunden und wieder zurückgebracht worden sei. Man hatte ihn vorläufig in den großen Saal im Erdgeschoß gelegt. Angeblich war er beim Spaziergang am Abend zuvor weggelaufen, ohne daß es die Pflegerin bemerkt hätte. Wir wurden ins Sprechzimmer gebeten, und gleich darauf führte man meinen Bruder herein. Er trug einen Frotteeschlafanzug und hatte sich von der Aufregung des nächtlichen Abenteuers offensichtlich noch nicht erholt. Mutter schaute ihn an und schimpfte: „Was ist denn los mit dir!"

Da rief ihn die Tante bei seinem Kosenamen. Sie war den Tränen nahe, als sie sagte: „Du wolltest nach Hause. Nicht wahr, du wolltest zu Fuß nach Hause zurückkehren?" Sie versuchte wohl ihren Neffen vor dem Krankenhausleiter und den Schwestern in Schutz zu nehmen, aber der Verursacher des Aufruhrs, der mit staubverschmiertem Gesicht und blutunterlaufenen Augen dasaß, würdigte uns keines Blickes.

Der betagte Leiter war ebenfalls aufgebracht, schaute immer wieder seinen Patienten an und erzählte: „Bei Tagesanbruch hat ihn ein alter Mann, der bei uns putzt, im Wald gefunden. Er lag gekrümmt da und konnte sich nicht mehr bewegen. Stellen Sie sich vor, jemand muß ihm alle Kleider ausgezogen haben, denn er trug nur noch seine Unterhose."

Wir waren sprachlos. Mein Bruder, der keinen normalen Körper mehr besaß, hatte innerhalb einer Nacht einen Gewaltmarsch von fast zwanzig Kilometern zurückgelegt. Er war immer nach Süden gelaufen, natürlich nur auf bloße Vermutung hin. Aber damit hatte er eindeutig die Richtung eingeschlagen, in der seine Heimat lag. Wie um sich bei Mutter zu entschuldigen, berichtete der Leiter, er hätte in der letzten Nacht keine Minute geschlafen, sondern wäre überall herumgelaufen, um den Entwichenen zu suchen. So etwas sei schon lange nicht mehr passiert. Ärzte, Krankenschwestern und alle anderen verfügbaren Leute hätten sich versammelt, auch die Köchinnen und das Putzpersonal wären mobil gemacht worden. Sie alle hätten sich auf die Suche begeben, einige mit dem Fahrrad, andere zu Fuß. Der alte Mann, der meinen Bruder schließlich fand, wäre einmal selbst Patient in diesem Krankenhaus gewesen. Er sei mit dem Rad die ganze Nacht lang über die Landstraße in Richtung Shimosuwa gerast. Unterwegs hätte er ihn zum Glück gefunden und ihn dann huckepack auf dem Rad zurückgebracht... Der Straßenräuber hatte nicht einmal vergessen, die Turnschuhe seines Opfers mitzunehmen. Wegen des Krieges war die Verteilung von Kleidern ja schon lange eingestellt worden, und hier mangelte es sicher genauso an Anziehbarem wie in Tokyo. Mutter bedankte sich bei allen, die sich an der Suche beteiligt hatten, und verbeugte sich vor jedem einzelnen.

    Wir zogen uns mit meinem Bruder nach oben in sein Krankenzimmer zurück, das ganz im Norden des Gebäudes lag. Dieser kleine, trostlose, mit Tatami-Matten ausgelegte Raum war angeblich das beste Zimmer, aber es gab dort nicht einmal ein einziges Sitzkissen. Mutter nahm gleich ihr Nachthemd aus dem Koffer und zog es ihrem Sohn an. Es war ihm jedoch an Armen und Beinen viel zu kurz, so daß sogar meine Tante lachen mußte. Nach vielen Monaten breitete Mutter ihrem blassen Sohn einmal wieder sein plattgelegenes Bettzeug aus, auf dem er auch bald einschlief. Die Frauen legten seinen schmutzigen Schlafanzug neben das Kopfkissen. Sie hatten bemerkt, daß mein Bruder sich in den wenigen Stunden, die er im großen Saal verbrachte, Läuse geholt hatte. Die eine untersuchte den Kragen, und die andere hielt den Saum prüfend gegen das Licht, das durch das vergitterte Fenster fiel . . . In der Zwischenzeit ging der Tag zur Neige.

Für die Nacht liehen wir uns Bettzeug vom Krankenhaus und lagen dann wie die Heringe in dem kleinen Zimmer. Als ich gerade am Einschlafen war, begann die Tante auf meinen Bruder einzureden, als beschwichtigte sie ein Baby. Ich fühlte mich gestört. „Du hast es so lange alleine ausgehalten . . ." Da antwortete er wie ein Papagei, monoton und geistesabwesend: „Alleine ausgehalten." – „Deine Tante ist da, jetzt bist du glücklich, nicht wahr?" – „Glücklich, nicht wahr." Wenn er etwas gefragt wurde, wiederholte er als Antwort einfach die letzten paar Wörter der Frage.

Die alleinstehende Tante kam immer wieder quengelnd zu meiner Mutter gelaufen und bettelte um Geld, so daß ich mich schon als Kind über sie lustig machte. Ich mochte auch nicht den Geruch von Räucherkerzen, der an ihren Kleidern und Taschen haftete. Und die Dinge, die sie zu meinem Bruder sagte, waren mir zuwider. An diesem Abend meinte sie: „Du Armer! Es ist so schlimm mit dir! Du wärst besser nie zur Welt gekommen . . ." Dabei brachte sie ihm von der ganzen Verwandtschaft noch am meisten Freundlichkeit entgegen. Mutter empfand keinen Respekt mehr vor ihrer Schwester. Trotzdem hatte sie sie auf diese Reise mitgenommen. Denn sie wollte sie als Aufsichtsperson für ihren Sohn hierlassen, was auch für die Tante eine Evakuierung bedeutete. In der kurzen Zeit hatte Mutter wirklich blitzschnell eine gute Entscheidung getroffen. Am Abend des folgenden Tages kehrten nur sie und ich mit dem Nachtzug nach Tokyo zurück. Der Leiter, einige seiner Angestellten und natürlich die Tante standen an der Tür und winkten uns zum Abschied.

Als wir durch die Dämmerung eilten, sagte Mutter zu

mir, sobald der Krieg vorbei wäre, würden wir wiederkommen und die beiden abholen. An dem kleinen ländlichen Bahnhof wartete außer uns noch ein Mann, der ins Feld zog. Er hatte seine Ärmel hochgebunden. Seine Frau, seine Kinder und ein paar andere Leute standen um ihn herum und sangen das Soldatenlied „Wir wollen siegen" . . . Ihre dünnen Stimmen stockten immer wieder. Bald kam der Zug, und einige riefen ein mattes „Hurra". Der Mann winkte. Ob er wohl lebend in sein Dorf zurückkehren konnte? – Fünf Tage später war der Krieg zu Ende.

Kapitel 4

„He!" rief Vater plötzlich. Es war, als hätte er nach längerem Nachdenken endlich einen Entschluß gefaßt. „Hol meine Kleider, ich gehe nach Kugenuma zurück", befahl er Mutter mit ernster Miene. Offensichtlich fand er dieses Krankenhaus schlecht und fühlte sich betrogen. Obwohl er vollkommen kraftlos war, versuchte er aufzustehen.

„Was sagst du da! Du bist doch erst vor ein paar Tagen gekommen und wolltest dich von Herrn Ariga gründlich untersuchen lassen, bevor wir wieder nach Hause gehen", erwiderte Mutter in einem Tonfall, wie man mit einem Kind schilt.

„Nein, ich gehe! Wenn du nicht willst, bleib hier." Sie mußte unwillkürlich lachen. „ ‚Bleib hier', was soll denn das? Ich bin doch hier, um für dich zu sorgen. Du sturer Dickkopf . . ."

Bei dem Wortgefecht mochte mein ungeduldiger Vater wohl zu dem Schluß gekommen sein, daß mit dieser Frau nicht zu reden war. „Du bist unmöglich. Ruf Teisuke oder Tamako. Jemand soll mich mit dem Auto abholen . . ." Endlich beruhigte er sich und begann wieder zu dösen. Zu Mutters Glück war Vater jedesmal am Ende seiner Kräfte, wenn er so viel geredet hatte.

Dieselbe Verhandlung führte er dann mit seiner Schwiegertochter, als sie gerade an der Reihe war, ihn zu pflegen. Er flehte Tamako an, sie solle ihn sofort nach Kugenuma zurückbringen.

„Ach, Opa, bleib doch noch etwas hier, bis es dir bessergeht. Das ist ein großes Krankenhaus mit vielen guten Ärzten, hier bist du besser aufgehoben als zu Hause... Teisuke ist derselben Meinung wie ich. Bald darfst du ja heimkehren... Und ich komme dich doch jeden Tag besuchen..."

„Aber ist es nicht die Aufgabe der Ärzte, die Patienten zu heilen?" Er brachte Tamako in Verlegenheit, weil sie ihm nichts darauf erwidern konnte. „Habe ich nicht recht?" – „Doch. Sie heilen dich ja auch, oder nicht?" – „Nein, denen hier kann ich nicht vertrauen. Schließlich machen sie mich nicht richtig gesund... Tagelang bin ich schon hier und kann immer noch nichts essen." Er gab das Verhandeln auf und lachte bitter, mit unterdrückter Wut. Tamako mußte auf den Flur gehen, weil sie die Tränen nicht mehr zurückhalten konnte, und Vater, wieder allein in seinem Zimmer, nickte ein.

Wenn ein langer, heißer Tag zu Ende war und die Nacht hereinbrach, riß Vater mit einem Mal seine Augen weit auf, und sein Kopf schien seltsam klar zu werden. Eines Abends wandte er sich an Mutter, die auf dem Boden schlief, und sagte in einem Ton, als hätte er ein ganz normales Anliegen: „Bring mir das Küchenmesser."

Mutter war zwar überrascht, reagierte aber nicht. Als Frau eines Soldaten hatte sie sich an solche Forderungen irgendwie gewöhnt. Wenn ihr Mann früher, als er noch jung und gesund war, von einer Sauftour zurückkam und die Beherrschung verlor, hatte er auch manchmal ganz plötzlich befohlen: „Gib mir mein Schwert." Daran fühlte sie sich nun erinnert. Mit dem Küchenmesser war er an diesem Abend jedoch hartnäckig, und obwohl sie sich bis zuletzt taub stellte, schrie er immer weiter, so daß man ihn sogar in den benachbarten Krankenzimmern hörte. Am nächsten Morgen wurde Mutter im Waschraum von der alten Frau bemitleidet, die den Kranken im Nebenzimmer pflegte: „Gestern abend muß es schrecklich für Sie gewesen sein."

Vaters widerspenstiges „Heee!" wurde in der ganzen Station bekannt. Sicher war sein anmaßendes Geschrei den Leuten draußen, jenseits des Vorhangs an seiner Tür, sehr unangenehm. Es mußte so klingen, als wollte dieser Kranke, der sich eigentlich nicht mehr bewegen konnte und restlos von der Pflege und Sorge anderer abhängig war, immer noch Befehle geben und sich breitmachen.

Aber abgesehen von seinem Gebrüll war Vater inzwischen nicht nur körperlich, sondern auch seelisch erschöpft, und er wollte keinen Augenblick auf Mutters Anwesenheit verzichten. „Bleib bitte bei mir, du brauchst jetzt nichts mehr tun", hauchte er ganz aufrichtig. In ihrer langjährigen Ehe hatte er kein einziges Mal so zu einem Familienmitglied gesprochen. Allerdings faßte es Mutter wie immer nur als eine egoistische Laune des Kranken auf. „Hör mal! Was soll das heißen, ich brauche nichts mehr tun! Ich muß doch für dich die Wäsche waschen ... Und zum Einkaufen solltest du mich auch gehen lassen." So zurechtgewiesen, verstummte er vorerst, aber schon im nächsten Moment, wenn er sie auch nur kurz aus den Augen verloren hatte, vergaß er alles und begann wieder nach ihr zu brüllen.

Wir merkten, daß er mit Mutters Nachsicht rechnete, denn er tyrannisierte sie mit seinem Egoismus nur dann, wenn sie ihn alleine pflegte. Und das auch meistens nur spät in der Nacht. Wenn meine Frau und ich am nächsten Morgen vorbeischauten, schlief er tief und fest, als wäre er zu einem solchen Geschrei wie am Abend zuvor gar nicht in der Lage. Langsam verwischte bei ihm die

Grenze zwischen Tag und Nacht, zwischen Schlafen und Wachsein. Und auf einmal hörte er auf zu behaupten, die Ärzte seien unfähig, er wolle nach Kugenuma zurück.

„Wo bin ich?" fragte er ab und zu mit noch fast geschlossenen Augen. Dann murmelte er halb im Selbstgespräch: „Ach, im Krankenhaus, nicht wahr?" Er war im Geist wohl wieder zu Hause, wie er es sich wünschte. Vielleicht hatte er sich auch damals, als er nach dem „Küchenmesser" verlangte, in seinem Schlafzimmer geglaubt und meinte das Messer aus der Küche daheim.

Damit hatten auch wir nicht gerechnet, daß sich Vaters Zustand mit der Einlieferung ins Krankenhaus so rapide verschlechtern würde. Es konnte aber eine ganz normale Entwicklung sein, die genauso ausgesehen hätte, wenn er zu Hause geblieben wäre. Bevor er in dieses Zimmer kam, hatte er wohl an den Erfolg einer stationären Behandlung geglaubt, wenn auch mit Widerwillen. Dort würde er mit der Zeit wieder essen können, das müßten die Ärzte doch hinkriegen ... Nun hatte er jedoch offensichtlich damit aufgehört, sich selbst etwas vorzumachen, hatte gemerkt, daß er, ganz zu schweigen von der aussichtslosen Hoffnung auf Genesung, nur gekommen war, um sein Leben auszuhauchen.

Nachdem er mit seinem nutzlosen Herumlamentieren aufgehört hatte, wurde er zur Abwechslung von seltsamen Ängsten befallen. Er kam zum Beispiel nicht von der Furcht los, aus dem Bett zu stürzen. Deshalb drängte er, man solle ihn herunternehmen. „Ich falle, ich falle ...", klagte er wie im Delirium. „Dieser Spalt gefällt mir nicht. Er ist gefährlich. Man muß was hinstellen oder das Bett rücken, damit hier zu ist ... sonst falle ich doch runter ..." Er meinte die höchstens zehn Zentimeter breite Lücke zwischen seiner Matratze und der Wand, und dauernd plagte er uns mit seiner Sorge, daß er in diesen Spalt fallen könnte. Aber obwohl er fast nur noch aus

Haut und Knochen bestand, wäre es unmöglich gewesen, daß er mit seinem ganzen Körper durch diese schmale, grabenartige Öffnung paßte.

„Du fällst nicht, wenn du ruhig liegenbleibst. Du sagst wirklich komische Sachen." Mutter ignorierte einfach seine Furcht, die ihn jedoch immer noch nicht losließ. Er streckte seine Hände aus und strich ängstlich über den Rand des Lakens, als ob schon ein paar Zentimeter weiter der schwarze Abgrund klaffte... Es war seltsam. Ein Mann der Meere, der einen großen Teil seines Lebens auf Schiffen verbracht hatte, fürchtete sich nun von morgens bis abends davor, aus dem Bett zu fallen. Da er seit über zwanzig Jahren wieder in einem harten Bett lag, fühlte er sich vielleicht unwillkürlich an die Zeiten auf dem Meer erinnert.

Als ein Offizier der unteren Ränge war Vater nie auf die großen Kriegsschiffe wie die mit dem kaiserlichen Chrysanthemenwappen gekommen. Er war immer auf kleinen Schiffen mitgefahren, zum Beispiel auf dem Zerstörer, den sie „Bettler" nannten, oder auf noch kleineren. Oder in U-Booten. Um so mehr mußte er an das Geschaukel gewöhnt sein. Erst fast vom Abgrund verschlungen, wurden diese primitiven Schiffe schon im nächsten Augenblick bis auf die Gipfel der Wellen getragen. Sie schwankten horizontal und vertikal. Wie auf einer Wippe hoben sich da im Liegen einmal der Kopf, dann wieder die Beine, das Blut schoß dabei ins Gehirn und floß wieder zurück... Die Offiziere mußten zwar nicht neben den Matrosen in Hängematten schlafen, aber sie hatten sicher nur beengende Betten, die eher Särgen oder Seidenraupenkisten glichen. Und trotzdem prahlte er, es wohne sich angenehmer auf dem Meer als zu Lande. „Haben Sie das Leben auf dem Schiff nicht satt?" wurde Vater zuweilen von irgendwelchen Frauen gefragt. „Nein, nein, ich fühle mich richtig zu Hause, wenn ich zurück auf dem Schiff bin. Das normale Leben an Land ist für Männer wie mich einfach zu eng. Geldverdienen und Sparen, oder der Umgang mit Nachbarn, davon verstehe ich eben nichts." Mit solchen Floskeln betonte er immer seine Großzügigkeit. Und das sicherlich nicht deshalb, weil er vor Frauen angeben wollte. So unbequem es auch sein mochte, Vater bevorzugte das Schiff. Wenn man aber diese provisorischen Nester miteinander verglich, mußte das Krankenbett, wie hart es auch war, besser abschneiden, denn es wackelte schließlich nicht.

Eines Tages konnte ich jedoch nicht mehr darüber lachen, daß sich Vater sogar vor derartigen Nichtigkeiten fürchtete. Das war, als ihm der Spiegel, der über dem Waschbecken an seinem Fußende hing, Angst einflößte. Ein ganz normaler, billiger Spiegel... Eine Firma für ärztliche Instrumente hatte wohl dem Krankenhaus bei seiner Fertigstellung große Mengen davon gespendet, was eine Aufschrift auf dem Rand des Glases verriet.

Vater zeigte plötzlich mit einer unbestimmten Handbewegung in Richtung des Spiegels und fragte Mutter: „Wer ist das?... Wer steht dort?" Zuerst merkte sie nicht, daß er das Spiegelbild meinte, und schaute hinter den Vorhang, ob da womöglich unangemeldet ein alter Kamerad zu Besuch gekommen war. Als sie dann verstand, was er meinte, erschrak sie über seinen verwirrten Zustand. Trotzdem stellte sie sich unwissend und fragte zurück: „Was ist denn? Was ist mit dem Spiegel?" – „Da ist jemand..." – „Da ist doch niemand. Das ist nur der Spiegel. Vielleicht sieht es nur so aus, weil sich was darin spiegelt..."

Wahrscheinlich ging es ihm gerade um das, was sich da reflektierte. Siehst du es denn nicht, schien er fragen zu wollen und wiederholte übellaunig diese angedeutete

Handbewegung. Der Spiegel war um einiges höher als das Bett, deshalb konnte Vater natürlich nicht sich selbst darin sehen. Von ihm aus mußte vielmehr die verschmutzte Wand an seinem Kopfende, der Fensterrahmen und ein Stück des sich jenseits der Veranda ausdehnenden nördlichen Himmels sichtbar sein. Wenn die Sonne aber im Westen stand, blendete der Spiegel, und Vaters Augen hatten sich vermutlich vom Leuchten seiner grellweißen Fläche täuschen lassen.

Alpdrücken wegen eines Spiegels an der Wand... Da es einige Tage so weiterging, kamen wir endlich auf die Idee, ihn für Vaters Augen unsichtbar zu machen. Wir versuchten es also und befestigten darauf mit Klebestreifen einige aus einer herumliegenden Wochenzeitschrift gerissene Seiten. Schließlich war die ganze Fläche bedeckt. Vater schien sich zu beruhigen und sagte nichts mehr.

Wir erfuhren nie, was seine leeren Augen in dem Spiegel wahrgenommen hatten. Wer hatte eigentlich dort gestanden? War jemand gekommen, um Vaters jämmerliche Gestalt zu betrachten oder gar um ihm etwas mitzuteilen? Ein im Krieg gefallener Kamerad? Oder ein ihm grollender Untergebener? Solche Fragen gingen mir unwillkürlich durch den Kopf, wenn ich ins Zimmer trat und den zugedeckten Spiegel erblickte. Natürlich konnte ich nicht erraten, wer diese Person war, denn sie war ja selbst für Vater nicht zu erkennen. Da kam mir ein Verdacht, den ich sogar Mutter verschwieg. Er mochte vielleicht die Gestalt seines verstorbenen Sohnes gesehen haben. Wenn gerade jetzt in Vaters Halluzinationen ein Mensch erschien, wer konnte das sonst sein als unser ältester Bruder...?

Als der Krieg vorbei war, hatten wir ihn von dem Krankenhaus in Matsumoto wieder abgeholt. Danach sollte er nur noch zehn Jahre leben. Er war unverändert blaß wie ein Mädchen und ging immer ruhig im Haus herum. Wenn er gute Laune hatte, klatschte er in die Hände und sang. „Ich liebe Soldaten", oder „Ein Volk des Meeres, ein Mann des Meeres" ... diese Soldatenlieder, die er als Kind auf dem Grammophon gehört und auswendig gelernt hatte, sang er auch noch, als es längst keine Armee und keine Marine mehr gab. Dann, eines Abends, lief er im Regen davon, wie damals im Gebirge, wo er die Leute des Krankenhauses in Aufruhr gebracht hatte. Aber diesmal sollte er nie wieder zurückkehren. Kaum zur Welt gekommen, hatte er die Freude seines jungen Vaters in einem kurzen Augenblick zerstört, und genauso schien er nun dem inzwischen stark gealterten Mann mit seinem voreiligen Verschwinden den letzten Schlag versetzen zu wollen ... So unglücklich der Sohn auch gewesen sein mag, als er unterwegs in der Dämmerung eines Regentages zusammenbrach, wie unglücklich war erst sein Vater, der in den drei Tagen einer vergeblichen Suche sich selbst Mut zuzusprechen versuchte – voller Erwartung, aber ohne jede Hoffnung! Dabei hatte das Jahr zuvor für ihn auch Gutes gebracht: die Wiederaufnahme der Rentenzahlungen, meinen Eintritt in die Universität ... Wenn man jedoch die total sinnlosen dreißig Lebensjahre meines Bruders betrachtete, waren da die über sieben Jahrzehnte, die Vater mit seinen egoistischen Launen zubrachte, nicht eher viel zu lang? Und nun kam sein wassertriefender Sohn durch den Spiegel, um ihn abzuholen. Den Mund voller Schlamm, ließ er seinen Kopf hängen, als wüßte er weder ein noch aus ... Das hätte mich nicht sonderlich gewundert.

Allmählich konnte Vater nicht mehr richtig sprechen. Auf unsere einfachen Fragen antwortete er mit bejahendem Nicken oder mit Kopfschütteln, und seinen Willen teilte er uns durch Gestik mit. Eines Tages machte er mit der Hand eine Bewegung, als schriebe er, was bedeutete, daß er Papier und Pinsel haben wollte. Das war damals, als Tamako zum erstenmal zusammen mit ihrer Schwägerin Mutter ablösen und im Krankenhaus übernachten sollte. Sie reichte ihm das nächstbeste Papier und einen Filzstift, und er schrieb, auf dem Rücken liegend, erstaunlich zügig und schön den Satz: „Wo ist Oma?" Daraufhin kritzelte Tamako auf den verbleibenden Rand: „Zu Hause." Vater schrieb die nächste Frage: „Um wieviel Uhr kommt sie zurück?" Und sie antwortete: „Morgen." Da resignierte er und fragte nicht weiter. Für ihn, der schon jedes Zeitgefühl verloren hatte, gab es bestimmt keinen Vormittag, Mittag oder Abend mehr, weder ein Morgen noch ein Übermorgen.

Auf die Idee, sich schriftlich zu verständigen, war er sicher deshalb gekommen, weil er Mutter jetzt nicht mehr mit seinem „Hee!" herbeirufen konnte. Er schrieb wie besessen, aber am allerhäufigsten gingen seine Sätze um „Oma". Solche Zettel lagen nun haufenweise um sein Kopfkissen verstreut.

Mutter hatte jedoch schon die Willenskraft verloren, immer bei ihrem Mann zu bleiben. Sobald die Schwiegertöchter kamen, sagte sie ständig, ach, sie wolle zu Hause in Ruhe baden und sich im Schlafzimmer ausstrecken und schlafen. Damit kam sie bei den jungen Frauen ein wenig in Verruf. Vor allem Fumiko, die aus Tokyo geholt und zum Übernachten genötigt wurde, machte ihrer Unzufriedenheit Luft und sagte zu Tamako: „Oma sagt dauernd, sie will heim. Es ist doch ihr Mann... Was ist so schlimm daran, wenn sie nicht baden kann? Ich würde immer bei ihm bleiben, egal, was geschähe, auch wenn ich total verdreckt wäre."

Vom Krankenhaus zurück, beklagte sich Tamako bei mir: „Fumiko hat eigentlich recht. Vater freut sich nicht, wenn wir kommen. Er schreibt ja dauernd nur ‚Oma, Oma'. Wer weiß, wie lange sie noch beieinander sein können. Sie sollte sich besser ein wenig zusammennehmen und in seiner Nähe bleiben." Tamako mußte ja auch die Kinder zu Nachbarn bringen, wenn sie zum Übernachten ins Krankenhaus ging.

Ohne zu ahnen, daß ihre Schwiegertöchter hinter ihrem Rücken über sie redeten, kam Mutter ab und zu nach Hause, heizte für sich das Wasser, badete und machte ein zufriedenes Gesicht. Dann ging sie in die Küche und bereitete sich eines ihrer Lieblingsgerichte zu, das sie hinterher alleine im Wohnzimmer aufaß. Und wenn sie sich ausreichend erfrischt hatte, zog sie sich wieder an und kehrte ins Krankenhaus zurück.

„Glaubst du, ich würde es genauso machen wie Oma, wenn du einmal so krank werden würdest?" bemerkte Tamako spöttisch und ließ mich dabei nicht aus den Augen. „Nein, das würde ich nicht. Im Gegensatz zu Oma würde ich bis zuletzt bei dir bleiben, mach dir also keine Sorgen."

„Ihr dürft nicht so schlecht über Mutter sprechen. Schließlich muß sie die meiste Zeit im Krankenhaus sein. Da ist es kaum verwunderlich, daß sie es satt hat." Ehrlich gesagt versetzte mich Mutters Gleichgültigkeit ebenfalls in Erstaunen. Was nützte es allerdings, jetzt noch auf ihr herumzuhacken?

„Aber dauernd will sie von uns abgelöst werden und geht nach Hause. Wie kann sie das nur tun? Und wenn sie Opa die Windeln wechselt, beklagt sie sich über den Gestank und hält sich sogar beinahe die Nase zu. Sie sagt, wenn es so stinkt, vergehe ihr der Appetit, und dann läßt sie mich die Windeln schnell wegbringen. Klar, es stinkt, aber das muß sie doch nicht dauernd vor Opa betonen. Er ist darüber ja auch nicht glücklich . . . Beim Windelnwaschen in der Waschküche tut sie dann richtig angeekelt und stochert mit einem Stück Holz in der Schüssel herum. Wenn ich so was sehe, tut mir Opa leid . . . Aber vielleicht ist das nun mal so bei Eheleuten."

Sie sagte, sie wäre fassungslos darüber, wie sehr Mutter ihren Mann vernachlässigte. „Ich habe ihm einmal in den Mund geschaut. Der war total ausgetrocknet. Seine Lippen waren verschorft, die Zunge klebte am Gebiß und war ganz weiß vor Trockenheit. Man könnte ihm doch mit einem Stück Gaze den Mund befeuchten. Warum macht Oma nicht einmal solche einfachen Dinge? Deshalb sagte ich zu ihm, armer Opa, wirst so im Stich gelassen. Dann tunkte ich Gaze in eine Tasse und tröpfelte ihm damit nach und nach Wasser in den Mund. Er kann ja nicht mehr saugen oder die Zunge bewegen. Als ich ihn fragte, ob das guttue, nickte er . . . Sicher war er seit Tagen durstig, bekam von Oma aber keinen Tropfen Wasser. Das ist doch unmöglich."

Es schien, als würde sie mich nur deshalb so heftig angreifen, weil ich der Sohn einer solchen Frau war. Ich konnte jedoch nichts darauf erwidern. Wie sehr sie auch schimpfte, zeigte sich jetzt nicht einfach das wahre Verhältnis meiner Eltern? Eine Ehe ohne Liebe. Ein Mann, der bis ins hohe Alter nie Rücksicht auf seine Familie genommen hatte, und eine Frau, die den Forderungen, die man ihr während einer traditionellen Erziehung eingebleut hatte, nur solange folgte, wie ihr Mann bei Bewußtsein war . . . Tamako fragte mich, was Vater in jungen Jahren seiner Frau wohl angetan haben mochte, daß sie ihn nun so behandelte. Das jedoch konnte man nicht mit ein paar Worten erklären.

„. . . Er verlangt dauernd nach Oma, weil es ihm einfach peinlich ist, sich von uns beim Pinkeln helfen oder seine Windeln wechseln zu lassen. Ich sage zwar zu ihm, Opa, wenn du mal mußt, sag Bescheid, ich helf dir jederzeit. Aber er scheint es sich zu verkneifen. So sehr er es allerdings zurückhält, irgendwann kommt es doch, da ist nichts zu machen. Und auf Oma wartet er auch vergeblich, weil sie erst am nächsten Tag zurückkehrt . . . Es ist doch klar, daß er sich bei solchen Sachen nicht von uns, von den Frauen seiner Söhne, helfen lassen will . . ."

Auf diese Art berichtete sie mir schonungslos jeden Abend, wenn ich müde von der Arbeit nach Hause kam, was sie alles gesehen und gemacht hatte. Vor meinem geistigen Auge erschien wie eine verbotene Phantasie das Bild meiner Frau, wie sie Vaters Schlafanzug zurechtzog und ihm den Nachttopf unterschob. Das hatte sie noch nie getan, weshalb sie es nun durch Zuschauen erlernen mußte. Es war zwar Mutter, die sie zu solchen Dingen veranlaßte, aber letztendlich war auch ich daran schuld. Da kam es mir so vor, als gliche diese Verzweiflung Vaters, wenn er nicht auf Mutters Rückkehr warten konnte und seine Schwiegertöchter bitten mußte, ihm beim Urinieren zu helfen, meinem eigenen augenblicklichen Seelenzustand.

Nach der ersten Augustwoche wurden die Mittage immer unerträglicher, und wie von der Gluthitze dazu angespornt, geriet Vaters Gehirn jetzt eindeutig in Verwirrung. Er lag bloß noch da wie ein vor langer Zeit abgelegter, lästiger Gegenstand und reagierte kaum, wenn ich kam, um Windeln vorbeizubringen. Ich gewöhnte mich jedoch allmählich an den Anblick.

„Du, Teisuke ist gekommen." Vater öffnete nur ein wenig seine Augen und gab einen kaum hörbaren Laut von sich. Dann versank er wieder in Gleichgültigkeit. Abwechselnd schlummerte er vor sich hin, ließ seinen Blick träge über die Decke gleiten oder starrte argwöhnisch auf den zugeklebten Spiegel an der Wand zu seinen Füßen. „Er bekommt nicht mehr viel mit . . .", murmelte

Mutter, die zusammengesunken und wie im Halbschlaf auf ihrem Klappstuhl hockte. Da hatte ich den Eindruck, daß es auch mit ihrer geistigen Verfassung hier sehr schnell bergab gegangen war.

Auf dem Nachttisch neben dem Bett stand wie immer unberührt das Blechtablett mit dem angerichteten Essen, das schon kalt geworden war. Zahlreiche Fliegen saßen auf dem Abdecktuch. Fliegen, die vom Gestank des blutigen Kots, der in Vaters Windel sickerte, aus allen Richtungen angelockt wurden... Bisher hatte er sich zumindest beim Urinieren säuberlich helfen lassen, aber nun ließ er alles nur noch laufen.

Auch der schriftliche Austausch, unser letztes Kommunikationsmittel, wurde immer rätselhafter. Eines Nachmittags, als ich mit Vater wenigstens ein paar geschriebene Worte wechseln wollte, versetzte er mir einen regelrechten Schock. „Was ist das? Ist das für die Kinder?" kritzelte er, die beiden Silbenschriften Hiragana und Katakana vermischend, mit zittriger Hand auf einen Zettel und gab ihn mir. Ich verstand ihn nicht und fragte, was er denn meinte. Da schrieb er auf den Rand desselben Papiers: „Die Süßigkeiten." An diesem Tag befand sich im Krankenzimmer allerdings nichts, was man als Süßigkeit hätte bezeichnen können. In Vaters Blickfeld entdeckte ich auch überhaupt gar nichts, was damit zu verwechseln gewesen wäre. Offensichtlich handelte es sich wie damals, als Vater im Spiegel einen Menschen gesehen hatte, um die Vision einer Süßigkeit, die nur für ihn sichtbar war...

Ab und zu hob er seine mumienhaften, fleckigen Hände vors Gesicht und bewegte die Finger wie ein Mädchen beim Fadenspiel. Er hielt sie lange hoch und betrachtete sie verwundert, zuerst die Handrücken, dann drehte er sie und sah auf die Innenflächen, um dann wieder von vorne zu beginnen.

„Ständig macht er solch komische Handbewegungen...", sagte Mutter zu mir in scherzhaftem Ton, wie früher, wenn sie ihren damals noch gesunden Mann neckte. Dann murmelte sie mehr zu sich selbst: „Ich habe gehört, wenn ein Kranker dauernd seine Hände anschaut, geht es mit ihm zu Ende. Bei irgend jemandem soll es genauso gewesen sein..."

Wenn hier etwas zu Ende ging, so war es in erster Linie das lange, gemeinsame Eheleben meiner Eltern. Da waren zunächst die über zwei Jahrzehnte vor und während des Krieges gewesen, in denen Vater kaum Rücksicht auf seine Familie genommen hatte, und nach der Niederlage als Wendepunkt die zweiundzwanzig Jahre, in denen diesmal seine Frau und Söhne keine Rücksicht mehr auf ihn nehmen wollten. Für Mutter war das eine Zeit von über vierzig Jahren gewesen, die sie wie eine Witwe vergeudete, ohne jemals eines jener Liebesworte zwischen Mann und Frau zu hören, die sie aus Romanen, Theater und Filmen kannte. Was die beiden verband, war nicht einmal ein gewöhnliches Glück, sondern ein unglücklicher Zufall, die Geschichte eines langen Mißgeschicks. Keiner der drei Söhne hatte Vaters Traum verwirklichen können. Selbst er war zusammen mit dem Staat, dem er gedient hatte, in einem einzigen Augenblick zunichte gemacht worden... Aber am wenigsten Glück hatte sicher Mutter gehabt, die von diesen vier Männern umgeben war.

Vater blickte auf seine widerlich verfärbten, kalten Hände, als hätte er nun endlich den Sinn seines einsamen Lebens begriffen. Die Hände, die gegen seinen Willen an den Fingerspitzen abzusterben begannen und damit den noch Lebenden betrogen. Diese zwei Hände, die jetzt nur noch aus Knochen bestanden und trocken waren wie Brennholz, hatten mich vor gar nicht langer Zeit, als ich Kind war, mit Leichtigkeit wie ein Wasserrad herumgewirbelt, hatten mich an der Hüfte so weit hochgehoben, daß ich die Decke erreichen konnte; hatten mir am Strand mit solcher Wucht die Bälle zugeworfen, daß meine Hand vom Fangen wie gelähmt war.

Vater äußerte nun keine Beschwerden und keine Unzufriedenheit mehr. Er lachte nicht mehr und fürchtete sich nicht mehr. Alles schien sich zu entfernen. Während er seine Hände betrachtete, wunderte er sich sicher, daß er schon so früh sterben mußte. Ein Leben wie ein Traum. *Was habe ich eigentlich in diesen vierundsiebzig Jahren getan? Wohin ist meine alte Frau gegangen, wo sind meine drei Söhne?* Solche Fragen gingen ihm womöglich durch den Kopf, wenn seine vollkommen getrübten Augen im Zimmer herumirrten, in dem sich auch Mutter und ich aufhielten.

Es waren genau zwei Wochen vergangen, seitdem man Vater mit dem Krankenwagen hierher gebracht hatte. Als ich an diesem Morgen so unbeschwert wie immer vorbeikam, schlief Vater tief und fest mit geöffnetem Mund. Allerdings atmete er mühsam, weil seine Kehle verschleimt war. Er hatte seinen Kopf auf dem Kissen ziemlich weit zurückgelegt und sog die Luft ein, als wolle er jeden einzelnen Atemzug korrekt ausführen, wobei sich seine flache Brust unter dem Schlafanzug hob und senkte.

„Er hat sich wohl erkältet", sagte Mutter. Sie schien sich zwar zu wundern, daß das bei dieser siedenden Hitze geschehen konnte, war aber offensichtlich nicht besonders besorgt. Ich ging gleich weiter zur Arbeit. Es handelte sich jedoch nicht nur um eine einfache Erkältung. Abends gegen sechs Uhr rief mich Tamako an: „Teisuke, Opa geht es sehr schlecht. Oma sagte mir gerade am Telefon, man hätte vorhin mit der Sauerstoffinhalation begonnen. Es ist besser, du gehst gleich hin", meinte sie in überaus sachlichem Ton. Sie hatte mich ungewöhnlich ernst mit „Teisuke" angeredet, das klang nach einer strengen Mobilmachung der ganzen Familie.

„In was für einem Zustand ist er denn?..."

Ich wußte selbst, daß ich mit dieser schwachsinnigen Frage, die mir plötzlich entschlüpft war, nur meine innere Fassungslosigkeit verbergen wollte.

„Geh auf jeden Fall gleich hin. Das geht doch, oder?... Und sag auch Ryoji Bescheid." – „Was denn! Hast du das noch nicht gemacht?" – „Nein, mach du es von dort aus. Das ist doch kein Problem..."

Ich ärgerte mich ein wenig über ihre Bequemlichkeit. So einfach ein Anruf von hier aus sein mochte, immerhin war es mein Büro. Ich hatte keine Lust, für alle Kollegen der Firma hörbar, am Telefon ausgerechnet über Vaters bedenklichen Zustand zu sprechen. Aber im Grunde hatte Tamako mich dazu aufgefordert, weil es schließlich um Ryoji und meinen Vater ging.

„Gut." Nachdem wir das Gespräch beendet hatten, stellte ich mir vor, wie Tamako die Kinder ins Auto setzte und den Motor anließ, wie in Vaters Krankenzimmer die Leute hektisch ein und aus gingen. Indessen brachte ich meine Arbeit zu Ende und eilte dann die Treppe hinunter ins Freie. Vom ersten besten Telefon aus, das ich auf der Straße entdeckte, rief ich Ryoji an. Er sagte gefaßt, er würde auch gleich aufbrechen. Danach hielt ich ein Taxi an und ließ mich zum Bahnhof Shimbashi bringen, wo ich – es war schon fast zur Stoßzeit – in eine Bahn sprang. Schnell, schnell, hatte ich mich bisher angetrieben, aber als ich nun in dem überfüllten Zug eingekeilt war, kam mir die Einsicht, daß die Fahrt immer dieselbe Dauer haben würde, so eilig ich es auch hatte. Um mich herum drängten sich die erstaunlich heißen Körper von Männern und Frauen. Von Schweiß überströmt, versuchte ich einen sicheren Stand zu finden. Dabei war mir, als würde mein Herzschlag direkt mit den Armen und Rücken der Leute um mich herum Kontakt aufnehmen. „Vater stirbt!" – „Vater stirbt? Das ist doch dein Vater! Das ist deine Sache. Uns geht's nichts an!" schienen sie mir alle darauf zu antworten. Ich zuckte zusammen und hielt den Atem an, denn sie hatten recht.

Draußen war es noch hell, und das Abendlicht färbte die Landschaft entlang der Bahnlinie, als wäre sie in rotes Wasser getaucht. Bei Vaters Einlieferung ins Krankenhaus hatte ich beruhigt geglaubt, er würde nun vielleicht doch noch ein paar Jahre leben. Aber in Wirklichkeit waren ihm nur zwei Wochen geblieben. Ein Liedchen summend, war ich immer mit dem Auto zum Krankenhaus gefahren, um Windeln abzugeben, hatte mit Mutter gescherzt und dabei verstohlen auf das kleine Gesicht Vaters geblickt, der nicht mehr reden konnte. Und in der Meinung, damit der Pflicht eines Sohnes Genüge geleistet zu haben, zog ich mich rasch wieder zurück, ohne zu ahnen, daß es mit ihm bald zu Ende sein würde. Nähert sich ein Mensch für alle sichtbar und deutlich von Tag zu Tag langsam dem Tode, so bleibt das den Verwandten, die schon ewig mit ihm zusammenleben, letztendlich verborgen. Vater war seit einigen Monaten zum Sterben verurteilt, aber wenn sein Tod nun tatsächlich bevorstand, würde er uns gewiß als etwas zu früh erscheinen. So als hätten wir uns mit unserer Unbekümmertheit selbst betrogen. Wir gaben vor, alles begriffen zu haben, doch in einer Ecke unseres Herzens hofften wir auf ein Wunder. Denn würde ein großes Wunder nicht gerade zu einer solchen Krankheit wie Krebs passen, bei der keinerlei Aussicht auf Genesung bestand...? Vermutlich war es eher unsere einfältige Hoffnung, die den sterbenden Vater nicht loslassen wollte, als der Todesengel.

Vom Bahnhof Ofuna aus ging ich durch die in Zwielicht getauchte Stadt. Ich erinnere mich nicht mehr, wie und wann ich das Krankenhaus erreichte. Es waren keine ambulanten Patienten mehr da, als ich den seltsam verlassenen Haupteingang passierte. Ich suchte mir welche von den verstreut herumliegenden Pantoffeln zusammen, und da hörte ich im Halbdunkel des Flurs schon die Stimme meiner Frau, die auf mich zukam: „Teisuke, Onkel Takasu ist hier." Als ich mich umdrehte, stand da ein Neffe meines Vaters aus Tokyo, der sich gerade auf den Heimweg machte. Er war zwar mein Cousin, aber als Sohn von Vaters ältester Schwester hatte er gerade das richtige Alter, um von uns Onkel genannt zu werden.

„Ah, mein kleiner Tei!" Er redete mich wie früher mit meinem Spitznamen aus der Kinderzeit an. Seine Haare waren in der langen Zeit, in der wir uns nicht gesehen hatten, grau geworden. Etwas vorwurfsvoll fragte er mich dann: „Warum habt ihr mir nicht früher Bescheid gegeben? Ich hätte den Onkel gerne besucht, solange er noch etwas mitbekam." Ich war um eine Antwort verlegen ... „Ach ja, weil es sich um diese Krankheit handelt, konnten wir doch niemandem etwas erzählen. Wir haben es auch fast keinem seiner Marinekameraden mitgeteilt ..."

Er schien es wirklich zu bedauern, aber jetzt war sowieso nichts mehr daran zu ändern. Da spürte ich deutlich seine Zuneigung zu Vater. Als er Grundschüler war, hatte ihn der Onkel einmal auf sein Kriegsschiff nach Yokosuka mitgenommen. Seitdem verehrte er Vater, obwohl er selbst nicht die Soldatenlaufbahn einschlug. Auch während Vater im Krieg war, kam er oft nach Kugenuma. Manchmal betrank er sich sogar mit unserem besten Wein und brachte dadurch Mutter zur Verzweiflung. Wie alle anderen Verwandten zog er sich jedoch nach dem Krieg von Vater, der inzwischen nichts mehr zu melden hatte, zurück ...

„Wie sieht es aus?" Als ich Tamako nach Vaters Zustand fragte, mischte sich mein Cousin von der Seite ein: „Der Onkel hat gar nichts mehr mitbekommen." Damit schien er sich für sein Gehen entschuldigen zu wollen. Er hatte es offensichtlich eilig. „Gehst du zur Bahn?" fragte ich ihn und dachte, Tamako könnte ihn mit dem Auto zum Bahnhof fahren.

„Nein, ich bin mit dem Wagen gekommen", antwortete er und zeigte seinen Autoschlüssel. Jetzt klang er wieder wie ein stark beanspruchter Geschäftsmann, der für seine dienstlichen sowie privaten Gänge die Zeit effektiv einzuteilen verstand.

Nachdem ich ihn hinausbegleitet hatte, ging ich ins Krankenzimmer. Vater lebte noch, aber er war nun bloß noch ein an einem Sauerstoffgerät hängender, heftig atmender Körper. Die schwarze Flasche stand auf einem Handwagen neben seinem Kopfende, und von dort führte ein langer Gummischlauch bis in eines seiner Nasenlöcher. Den Schlauch hatte man mit Pflaster grob an Vaters Kinn und Oberlippe festgeklebt, damit er nicht herausrutschte, selbst wenn sich der Kranke vor Qual krümmte. Vater kam mir nicht mehr wie ein Lebewesen im Kampf gegen eine Krankheit vor, sondern eher wie ein Störenfried, der durch unbarmherzige Geräte endlich niedergedrückt und vollkommen gezähmt worden war. Wie er so dalag mit diesem lästigen Zeug im Gesicht, schien er selbst schon auf sein Ende gefaßt zu sein. Denn wenn er noch die geringste Kraft gehabt hätte, seinen Willen zu äußern, hätte er sich nicht in eine solche Lage bringen lassen.

Ich rückte einen kleinen Hocker vor das Fenster und sicherte mir damit schlau den ruhigsten Platz. Das Zimmer, das bisher immer verdunkelt gewesen war, weil der Kranke zuviel Helligkeit nicht vertrug, war heute abend dem weißen Licht der Neonröhren ausgesetzt. Die vom

Schweiß und Fett zahlreicher Patienten geschwärzte Wand, die man an den Stellen, wo die Farbe abgegangen war, immer wieder übermalt hatte, das kalte, schwarze Bettgestell, die zerschrammte Sauerstoffflasche, die von einem Krankenzimmer ins andere gebracht wurde ... All diese Dinge schienen Vaters baldigen Tod zu verkünden. So sehr er sich auch bemüht hatte, letzten Endes konnte er hier doch nicht mehr herauskommen. Und nun war es zu spät, darüber zu reden, ob wir richtig gehandelt hatten oder nicht.

„Womöglich schafft er es nicht mehr bis morgen früh ...", sagte Mutter und vermied dabei, ihren Mann anzusehen. Sie richtete mir ein kaltes Getränk und fischte dafür Eisstücke aus einer Thermoskanne. Als ich ihre trägen Bewegungen beobachtete, merkte ich, wie müde und geistesabwesend, wie gleichgültig sie inzwischen Vaters hoffnungslosem Zustand gegenüber war.

„Aber wenn er jetzt so sterben kann, das ist besser für ihn." Ich verspürte den Anflug einer heimlichen Freude, deshalb sprach ich betont nüchtern. Niemand sehnte zwar Vaters schnellen Tod herbei, aber da wir alle schon gehört hatten, wie ein Krebskranker im letzten Stadium leidet, redeten wir dauernd darüber, daß er doch besser noch davor einfach einschlafen solle ...

Als ich mich auf dem Balkon kurz ausruhte, kam mein Bruder mit seiner Familie. Sie traten mit ernster Miene ein, zuerst Ryoji, gefolgt von Fumiko und meinem Neffen. Mich belustigten ihre strengen Gesichter, und gleichzeitig war ich erleichtert, denn ihre Schritte und ihr Flüstern lenkten meine Aufmerksamkeit zumindest für einen Augenblick von Vaters penetrantem, schmerzverzerrtem Atem ab.

„Oma, entschuldige, daß wir so spät kommen", sagte meine Schwägerin mit unangebracht heiterer Stimme, wechselte aber sogleich in einen düsteren Tonfall. Jetzt war der Raum voll, und Tamako mußte von unten noch Stühle holen. In der Zwischenzeit stand ich auf, um Ryoji meinen Hocker zu überlassen, und Mutter nötigte Fumiko, sich auf ihren Platz zu setzen. Die Familie meines Bruders wirkte wie eine Gruppe verspäteter Zuschauer. Tatsächlich war mein Neffe, ein verwöhntes Einzelkind, sehr angespannt und verzog sein Gesicht zu einer Grimasse, denn es würde das erste Mal sein, daß er jemanden sterben sah.

An diesem Abend kam alle drei Stunden eine Krankenschwester, um Vater eine Spritze gegen seine Lungenentzündung zu geben. Außerdem wurden wir gebeten, mit der Klingel am Kopfende des Bettes im Schwesternzimmer unten Bescheid zu geben, falls der Patient unter der Verschleimung litt oder falls etwas mit der Sauerstoffflasche wäre. Betätigte man den Klingelknopf, so kam aus der Sprechanlage direkt unter der Decke eine Antwort, worauf man brüllen mußte, welches Anliegen man hatte, und es schien so, als würde man Wünsche gen Himmel rufen. Vater wurde aber ohne Unterlaß vom Schleim gepeinigt, so daß wir nicht wußten, wann wir überhaupt klingeln sollten.

Wenn ihm der Schleim in der Kehle steckenblieb, beugte er sich mit einem herzzerreißenden Ausdruck zurück und quälte sich einen kaum hörbaren Schrei ab. Das klang, als würde er schluchzen. Manchmal gab die Mauer des leimartigen Schleims kaum merklich dem verzweifelten Widerstand Vaters nach, und er schien wieder etwas Luft zu bekommen. Jedoch war der Eingang zur Luftröhre gleich wieder versperrt, und es ging ihm erneut an den Lebensnerv . . . Ich konnte diese bedrükkende Szene, die auch mir die Kehle zu verstopfen schien, nicht länger schweigend betrachten.

„Wäre es nicht besser, jemanden kommen zu lassen . . .?" fragte ich und sah immer wieder zu Mutter hinüber. Denn wenn sie dagegen war, konnte auch ich nicht einfach klingeln. Sie legte nur den Kopf fragend zur Seite und betrachtete weiterhin den Kranken. „Eben erst haben sie ihm viel Schleim herausgeholt...", murmelte sie wiederholt.

Während ich Vaters verzweifelten Kampf beobachtete, kam mir eine vage Erinnerung an früher. Er war als junger Mann eine Weile in einem U-Boot mitgefahren. Damals, ganz zu Beginn der Unterwasserseefahrt in Japan, waren diese Fahrzeuge von den übrigen Marineangehörigen nicht U-Boot, sondern verächtlich „Lahme Schildkröte" genannt worden. Diese nicht einmal hundert Tonnen schweren Eisenklumpen verursachten allzuoft Unfälle, und jedes Jahr kamen mehrere Menschen dabei um. Vater erzählte, auch die Meßinstrumente seien ganz primitiv gewesen, beim Tauchen hätte man sich auf mitgebrachte Mäuse im Käfig verlassen müssen. Unter Wasser schliefen alle bis auf die Diensthabenden, weil man so die Abnahme des Sauerstoffs auf die Hälfte reduzieren konnte. „Wer nur an Land lebt, glaubt, daß die Luft geschmack- und geruchlos sei, aber das ist ein großer Irrtum", sagte Vater zu mir, dem Kind. „Denn Luft riecht und schmeckt. Weißt du, was wir machen, wenn es unter Wasser stickig wird? Wir ziehen die Schubladen um uns herum auf und stecken die Nase hinein. So, schau her..." Er öffnete eine Schublade und näherte sich ihr mit der Nase... „Denn darin ist überall noch etwas saubere Luft übrig. Wenn man die einatmet, riecht sie nach Ozon und schmeckt wunderbar..." Einmal abgesehen vom Ozon gab es im Krankenzimmer noch reichlich Luft, falls er sie einatmen wollte. Trotzdem war er jetzt von der Sauerstoffflasche abhängig, was sein sicheres Ende bedeutete.

„Sollen wir nicht doch langsam jemanden rufen?" drängte ich Mutter von neuem, und diesmal stimmte mir auch zaghaft Ryoji zu, der ebenfalls Vaters Qual nicht mehr mit ansehen konnte.

„Also, klingeln wir?" Mutter sah uns fragend an und drückte endlich auf den Knopf, so vorsichtig, als fürchte sie sich vor ihm. „Ja?" Schneller als erwartet antwortete jemand. „Entschuldigung, aber..." Bevor Mutter ihren langen, umständlichen Satz zu Ende bringen konnte, kam schon eine große Krankenschwester mit sympathischem Gesicht herein. Sie sprach kein unnötiges Wort, sondern machte sich gleich an die Arbeit.

Das Entfernen des Schleims ging ganz einfach. Unter dem Bett stand ein Gerät dafür. Man mußte dem Patienten einen dünnen Plastikschlauch durch die Nase bis tief in den Rachen schieben und dann absaugen, indem man mit dem Fuß auf das Pedal eines Blasebalgs trat. Wir beobachteten die geübten Handgriffe der Schwester, das Reinschieben und Rausziehen des Schlauchs auf der Suche nach Schleim und die rhythmischen Fußbewegungen beim Betätigen des Pedals. Der Plastikschlauch ging erstaunlich weit hinein, ohne daß der geplagte Kranke eine Reaktion zeigte. Die sich flink bewegenden Beine der Schwester, die in weißen Feinstrumpfhosen steckten, wirkten irgendwie erotisch. Es entstand ein Geräusch, als würde schmutziges Wasser stockend durch einen Abfluß laufen, und eine grünliche Flüssigkeit stieg den Schlauch hinauf. In dem Augenblick, da ihm mit spürbarem Widerstand der Schleim abgesaugt wurde, verzog Vater kaum merklich das Gesicht, als hätte ihn jemand gekniffen. Nachdem die Krankenschwester eine Weile gesaugt hatte und wieder gegangen war, sagte Mutter tief beeindruckt: „Es gibt heutzutage wirklich praktische Sachen. Ich habe gehört, früher mußte man Eßstäbchen mit Baumwolle umwickeln und damit den Schleim herausnehmen... Und diese hübsche Krankenschwester macht es wirklich geschickt."

Es war seltsam, aber Mutter allein brachte es fertig, sogar jetzt unbekümmert draufloszuplaudern. Das lag vielleicht daran, daß seit langer Zeit wieder einmal ihre Söhne und Schwiegertöchter zusammengekommen waren, oder weil sie spürte, daß sie bald von diesen Strapazen erlöst sein würde. Wenn ich jedoch daran dachte, daß gerade die letzte Nacht verstrich, die wir zusammen mit Vater auf dieser Welt verbringen konnten, mußte ich meine Augen von Mutters Gesicht abwenden. Von diesem Gesicht, das einen Ausdruck der Erleichterung zeigte, obwohl es in den letzten zwei Wochen noch hagerer geworden war.

Mutter schien ihren Mann zu betrachten, aber plötzlich begann sie uns ausführlich ihren Plan zu erläutern: „Wenn morgen abend die Totenwache ist, ist übermorgen oder am Tag darauf die Beerdigung..." Dann drehte sie sich um und meinte, ohne sich an einen einzelnen von uns zu wenden: „Es ist vielleicht das beste, das Nonnenkloster zu bitten." Da wir aber alle schwiegen, redete sie diesmal so beschwörend auf uns ein, als wollte sie unsere Zustimmung erzwingen: „Zu Hause ist es doch viel zu eng und zu stickig, das können wir den Trauergästen nicht zumuten. Und Vater hat auch immer gesagt, wir sollen seine Beerdigung im Nonnenkloster abhalten... Dort gäbe es Bäume, und sogar im Sommer wäre es angenehm kühl, meinte er..."

Weder Ryoji noch ich konnten etwas darauf erwidern. Ganz abgesehen von unseren zwei Frauen war wohl auch mein Bruder, den sonst nichts erschütterte, über Mutters Worte entsetzt. Wenn es auch korrekt war, mit Vaters Tod zu rechnen, so gehörte es sich doch nicht, vor dem noch Lebenden darüber zu sprechen, und dazu mit einer solchen, im ganzen Zimmer hörbaren Stimme. Ich wollte etwas sagen, zog es dann aber vor zu schweigen. Denn ich bildete mir ein, Vater, der sich eigentlich im

Koma befand, hätte seine Augen einen Spalt geöffnet und lauschte Mutters Worten. Er schien sagen zu wollen: *Ihr Herzlosen redet jetzt schon über meine Beerdigung!*

Es war jedoch eine Sinnestäuschung. Auch wenn ihm jemand direkt ins Ohr geschrien hätte, wäre es für ihn nicht mehr hörbar gewesen, und auch seine Augen vermochte er nicht mehr zu öffnen. Daß sie trotzdem etwas geöffnet gewesen waren, konnte an einem unbewußten Reflex seines zugrunde gehenden Körpers auf die allzu große Atemnot liegen...

Mutter hatte nun nichts anderes mehr im Kopf als die Beerdigung. „Sie fällt aber zum Unglück in die gleiche Zeit wie das Ahnenfest nach dem alten Kalender. Das macht mir Sorgen. Das Kloster veranstaltet doch jedes Jahr am fünfzehnten August eine Totenmesse zur Beruhigung der Seelen. Deshalb weiß ich nicht, ob dort jetzt eine Beerdigung für uns abgehalten wird, wenn wir so plötzlich darum bitten. Sonst müßten wir sie eben noch um einen Tag verschieben. Aber kann man bei dieser Hitze den Toten so lange zu Hause lassen...? Wir könnten ihn ja auch erst einmal im engsten Familienkreis einäschern und dann an einem anderen Tag die Trauerfeier machen. Das geht ja bis zum siebten Tag nach dem Tod... Auf jeden Fall müssen wir jetzt die Klostervorsteherin anrufen und bitten..."

„Das sollten wir erst dann machen, wenn es soweit ist. Was nützt es, uns jetzt schon darüber den Kopf zu zerbrechen?" sagte Ryoji schließlich kurz und bündig und lächelte bitter, aber Mutter hörte noch lange nicht damit auf, die Vorteile einer Beerdigung im Nonnenkloster zu erörtern. Nach der Feier könnten wir dort das große Besuchszimmer mieten, in das gut hundert Leute hineinpaßten. Denn zu Hause könne man auf keinen Fall so viele Tische, Sitzkissen und Gläser bereitstellen. Und bedienen würden uns auch mehr als zehn junge Nonnen. Man bräuchte sich zum Glück um nichts zu kümmern ... Danach ging Mutter ins Detail. Sie sagte, daß Alkohol und Fleisch ja nicht mitgebracht werden könnten, und überlegte, welche leichten Gerichte, welche Geschenke man bereitstellen müsse. „Bier ist erlaubt, das weiß ich. Denn ich habe gehört, daß sogar die Klostervorsteherin Bier trinkt ... Und wenn wir sie im voraus um Nachsicht bitten, wird sie nichts dagegen haben. Wir wollen ja schließlich nicht laut und fröhlich feiern." So redete sie sich voreilig in Fahrt, obwohl niemand gegen Bier Einspruch erhob.

Wahrscheinlich war es gerechtfertigt, schon jetzt über solche Dinge nachzudenken. Auch wenn es etwas ungehörig war, am Bett Vaters, der noch lebte, über die Einzelheiten der Beerdigung zu diskutieren, wollte ich mich Mutter nicht widersetzen, denn sie folgte nur dem Willen ihres sterbenden Mannes und erfüllte tapfer ihre Aufgabe als Frau eines Offiziers der kaiserlichen Marine. Vater, der vor über zwanzig Jahren für das Land nutzlos geworden war, hatte vermutlich immer an diesen Tag gedacht, der irgendwann kommen würde. Wen von der Klasse würde er überleben und um wieviel Jahre? Wer würde zu seinem eigenen Begräbnis erscheinen? Von den einhundertsechzehn Kameraden seines Jahrgangs waren noch zweiundzwanzig am Leben. Wie viele dieser alten Männer würden wohl überhaupt kommen? Einige wohnten zu weit entfernt, um herbeizueilen, andere waren zu schwach, um am Stock bis nach Kugenuma zu humpeln; außerdem gab es welche, die zur Zeit genau wie Vater ans Krankenbett gefesselt waren. Wenn sich Mutter deshalb auch den Kopf zerbrach und ein wunderbares Begräbnis ausrichtete, würde es wohl bestenfalls im Klassenbericht gedruckt werden.

Während Mutter als einzige redete, versuchten Ryoji,

die Schwägerinnen und ich uns jeder auf seine Art frische Luft zu verschaffen und blickten immer wieder wie gebannt auf Vaters Gesicht, an dem der Gummischlauch haftete. Die Geräusche von Mutters und von Fumikos Fächer schienen miteinander zu wetteifern, und manchmal hielt der eine, machmal der andere plötzlich inne. Mein Neffe saß auf dem dunklen Balkon. Er hatte die Socken ausgezogen und blickte, die nackten Füße auf dem Geländer, in den Nachthimmel.

Vater drehte zuweilen seinen Kopf, als wolle er sich bei jemandem über seine Qual beklagen. Er atmete jetzt um einiges hastiger. An dem schrecklichen Schnarchton war zu hören, daß sein Rachen wieder mit Schleim verstopft war. Unvermittelt wurde das Schnarchen lauter, als würde er uns vorwerfen, daß wir ihn ignorierten.

„Du Armer! Mußt so leiden...", sagte Mutter mit einem tiefen Seufzer und hörte plötzlich auf zu fächeln. Sie schien Mitleid zu haben und sich dem Gefühl der Machtlosigkeit zu ergeben. Aber im nächsten Moment fing ihr Fächer wieder an, sich in einem hastigen und nervösen Rhythmus zu bewegen. Auch Mutters Tonfall veränderte sich.

„Das haben die Götter vorherbestimmt, daß es mit dir soweit kommt. Deine Qual ist sicher eine Strafe dafür, daß du mich so lange Zeit gequält hast. Wegen meiner ewigen Tränen mußt du jetzt so sehr leiden... Seit wir jung waren, hast du immer nur Dinge getan, die mich zum Heulen brachten. Jeden Abend hast du getrunken und mich bis spät in die Nacht nicht schlafen lassen, hast herumgeschrien und mit Gegenständen um dich geworfen... das war schrecklich. Mir war keine einzige der Freuden vergönnt, die jede andere Ehefrau hat. Ein Leben lang war ich deine Sklavin!... Paßt deshalb gut auf. Wenn man jemanden quält, kommt ganz bestimmt eine solche Strafe..."

Während sie redete, als wollte sie jetzt diese Zeit ausnutzen, gewann sie immer mehr ihre Kräfte zurück. Niemand unterbrach sie, niemand antwortete ihr. Sie schien Vater als warnendes Beispiel hinstellen zu wollen, und dabei kam es mir vor, als würde der Groll einer zwar alten, aber von Sinnlichkeit und Gefühlen noch nicht befreiten Frau über ein Medium zu uns sprechen.

An diesem Abend hatten selbst wir Gesunden Schwierigkeiten, mit der Hitze fertig zu werden. Es war einfach so schwül, daß uns das Atmen genauso schwerfiel wie Vater. Auch gegen Mitternacht stand die Luft noch still. Ich spürte, wie mir dauernd heiße Schweißperlen wie kleine Insekten durch Magengrube und Kniekehlen rannen, obwohl ich mich gar nicht bewegte. Alle waren schweißgebadet, und unsere Augen sahen aus, als hätten wir heftig geheult. Schon allein durch die Anwesenheit von sechs Erwachsenen, die sich in diesem kleinen Krankenzimmer drängten, stieg die Raumtemperatur. Trotzdem kam keiner von uns auf die Idee, künstlichen Wind zu Hilfe zu nehmen, so als respektierten wir Vaters langjährige Verachtung für Ventilatoren.

Vater schien wieder in seine Welt vertieft zu sein, in die weder Frau noch Söhne eindringen konnten. Mutters Nörgeleien und erbitterte Worte erreichten ihn nicht. Er sah nichts mehr, hörte nichts mehr. Wie altes Moos klebte seine Zunge am ausgetrockneten Gaumen, keinen Schrei brachte er mehr hervor. In seinen Augen spiegelte sich seit Tagen wohl nur noch die Illusion von Wolken und Wasser, soweit sein Blick reichte. *Schon lange habe ich nicht mehr geduscht, nicht einmal mit Meereswasser. Ich muß mir täglich den ganzen Körper mit dem wenigen Wasser eines kleinen Waschbeckens reinigen.* Wenn er sich so an jene Tage und Nächte auf dem Schiff erinnerte, durfte es ihm nun eigentlich nichts ausmachen, daß sein Körper etwas schmutzig war und stank.

Vater hatte Ryoji und mir erzählt, auf dem südlichen Meer sei es wie in einem Dampfbad gewesen ... Es gäbe keine Grenze zwischen Himmel und Wasser, schrieb er uns einmal. Im Grunde vertrug er Hitze außerordentlich gut.

An einem Mittag im Hochsommer war Vaters Schiff auf dem Pazifik immer nach Süden in Richtung Äquator gefahren. Hintereinander zogen sich ballende Gewitterwolken auf. Seit einiger Zeit schwamm ein großer Schwarm Delphine parallel neben dem Schiff her. Das Deck war von der brennenden Hitze so aufgeheizt, daß man mit bloßen Füßen nicht mehr darauf gehen konnte. Die Matrosen saßen im engen, stickigen Schiffsbauch und siedeten wie Fische in einem Kessel. Obwohl um sie herum unendlich weit nur Wasser war, hatte jeder Durst.

Auf einmal näherte sich eine Regenwolke. Es ertönte ein Pfeifton, und darauf der wie eine Rettung des Himmels bis in alle Ecken des Schiffs dringende Befehl: – Alle Mann im Regen duschen! – In fünf Minuten kommt der Schauer...! Sofort stürzten mehrere hundert nackte Männer mit Handtuch und Seife und schmutziger Wäsche unter den Armen an Deck. Hier und dort wurden Reihen von Waschzubern aufgestellt. Auch Vater stand splitternackt da und starrte zum Himmel. In Fahrtrichtung des Schiffes hing tief eine dunkle Wolke herab, und es schien sogar eine kühle Brise zu wehen. – Er kommt!

Endlich begann es am Bug in großen Tropfen zu regnen, und im Nu wurde daraus ein Wolkenbruch. Die an Deck Versammelten waren kein Kapitän und keine Matrosen mehr, sondern Goldfische, die ihren Mund aufsperrten. Sie seiften hastig ihren ganzen Körper ein und wuschen sich wie wild, um ja keine Minute zu verlieren.

Vater hatte aber erst die Hälfte seines Körpers gewaschen, da hörte der Regen schon auf, und die gigantische nasse Gestalt des Schiffes schmorte wieder unter dem brennenden Mittagshimmel, als wäre nichts geschehen. Nur zwei Minuten lang waren sie durch einen Regentunnel gefahren. – Ist es etwa schon vorbei . . .? An Deck erhob sich das lärmende Stimmengewirr der Matrosen, die den Himmel beschimpften. Wann würde der nächste Reguß kommen? Wunderbar wäre es, wenn ein stärkerer käme, einer, der nicht nur zwei, sondern mindestens fünf oder zehn Minuten dauerte . . . Das ging Vater durch den Kopf, während er mit seinem nur zur Hälfte sauberen Körper wieder in die Kleider schlüpfte. Er wollte gutes Wasser trinken, bis der Magen voll war, Brunnenwasser, das bis in die Eingeweide drang. Er wollte sich Leitungswasser nach Herzenslust über den Kopf laufen lassen, Wasser, das pausenlos herausströmte, wenn man nur den Hahn aufdrehte.

Mutter, Tamako und Fumiko befeuchteten, wenn sie gerade daran dachten, Vaters Mund mit einem wassergetränkten Stück Gaze zwischen den Fingerspitzen. Sie gaben ihm tröpfchenweise Flüssigkeit auf die an eine häßliche Wunde erinnernden Lippen, die so ausgetrocknet und erstarrt waren, als haftete Klebstoff daran. Man konnte jedoch nicht sehen, ob sie bis tief in den Rachen gelangte. Es war zwar nicht wie der ersehnte Reguß, aber wenn Vater doch wenigstens fühlen könnte: Ah, Wasser!

Inzwischen waren wieder drei Stunden vergangen. Die Krankenschwester von vorhin kam mit unverändert frischem Gesicht, um dem Patienten seine Injektion zu geben. Sie brachte Desinfektionswatte und eine gefüllte Spritze, deren Nadel sie nach oben hielt, und streifte wortlos Vaters Schlafanzugsärmel zurück, um geschwind in den Arm zu stechen. Da sie schon einmal hier war, setzte sie auch die Schleimpumpe an und trat eine Weile auf das Pedal. Dann zog sie sich wieder schweigend zurück... Das waren nichts als Maßnahmen, um die Symptome der Lungenentzündung ein wenig zu mildern und um den Tod des Kranken noch einen oder einen halben Tag hinauszuschieben. Vor versammelter Familie nahte jetzt nach vielen Monaten endlich die Katastrophe. Dabei kam eine geläufige Krankheit zu Hilfe, daß dem sich gegen das Sterben wehrenden Körper der Gnadenstoß gegeben werden konnte. Das sinkende Schiff wurde zusätzlich noch mit einem Torpedo beschossen. Wenn er dazu fähig gewesen wäre, hätte mein ungeduldiger Vater jetzt eigentlich gebrüllt: Aufhören!

Aber er hatte uns hereingelegt, obwohl wir uns wegen seines hoffnungslosen Zustandes brav um ihn versammelt hatten. Vielleicht war es die Wirkung der vielen Spritzen, daß er irgendwie durchzuhalten schien. Deshalb schickten wir kurz nach zwölf Tamako mit Fumiko und meinem Neffen nach Kugenuma zurück. Wenn sechs Leute aufblieben, könnte sich keiner richtig ausstrecken, und weil wir am folgenden Tag auch bei Kräften sein müßten, wäre es besser, uns in zwei Gruppen aufzuteilen, um uns zu schonen, meinte Mutter. „Geht ihr jetzt nach Hause und schlaft ordentlich. Morgen wechseln wir uns dann ab", beschloß sie und schien damit Schwiegertöchter und Enkel rasch vertreiben zu wollen. „Wenn du meinst, dann fahren wir und kommen morgen so früh wie möglich zurück, Oma", sagte Tamako, und Fumiko fügte hinzu: „Wir bringen euch auch was Gutes zu essen mit."

Sie verabschiedeten sich und gingen. Danach war das Krankenzimmer plötzlich leer, so daß Vaters heftiges Atmen schrecklich laut klang. Ryoji ging auf den Balkon und stellte genau wie sein Sohn vorhin die Füße aufs Geländer. Er blickte hin und wieder in die Dunkelheit, wobei er schweigend eine Zigarette rauchte. Am Qualm sah ich, daß sich die Luft draußen kaum bewegte. Ich setzte mich neben Mutters Klappstuhl direkt auf den Boden und lehnte mich gegen die Wand.

„Hast du für mich auch eine?" fragte ich plötzlich. Ryoji warf mir schweigend seine Schachtel herüber, zusammen mit Streichhölzern. Da zögerte ich nicht mehr lange. Vor Mutter und ihm war es ungefährlich zu rauchen, aber in Anwesenheit meiner Frau hätte ich es nicht fertiggebracht. Seitdem wir wußten, daß Vater Krebs hatte, bis zum jetzigen Augenblick, also genau vier Monate, hatte ich keine einzige Zigarette angerührt. Ich steckte sie an, aber es wollte mir ehrlich gesagt nicht so gut schmecken wie zu der Zeit, als ich täglich vierzig bis fünfzig Stück geraucht hatte.

„Eigentlich habe ich das Rauchen aufgegeben. Das ist die erste seit vier Monaten." Meine Verdorbenheit, den Vorsatz von selbst gebrochen zu haben, gefiel mir und beflügelte mich gleichzeitig, meinem Bruder das Geheimnis preiszugeben.

„Hm." Ryoji schien es zu langweilen, er lachte nur vage. Vielleicht wollte er mich fragen, ob ich wegen Vater plötzlich Angst vor Krebs bekommen hätte.

„Laß es doch bleiben, wenn du schon aufgehört hast." Mutter, die eingenickt gewesen war, hatte unser Gespräch gehört und mischte sich nun mit müder Stimme ein. „Vater hat stark geraucht, auch Pfeife und Zigarre, so viel, daß ihm der Ruß schon zum Hintern herauskam. Hat es ihn nicht gerade deshalb jetzt so schlimm erwischt?"

Natürlich hatte mich das dazu veranlaßt, aufzuhören. Andererseits war da aber noch mein Bedürfnis gewesen, ein Gelübde abzulegen, so lächerlich das auch klang. Abgesehen von der Hoffnung auf ein Wunder wollte ich wenigstens in den Vater noch verbleibenden paar Monaten nicht rauchen. Es war mir leichtgefallen, darauf zu verzichten. Mit dem Trinken hätte ich es ebenso machen sollen.

„Ist schon gut. Vater ist doch auch in allem unbeständig gewesen...", erwiderte ich und rauchte mit einem etwas schlechten Gewissen weiter. In der Zeit nach dem Krieg, als wir nicht einmal genug zu essen hatten, wollte unser erwerbsloser Vater brav einen Beitrag zu den Haushaltsfinanzen leisten und verzichtete auf sein Taschengeld für Zigaretten. Einen Tag hielt er es aus und lutschte Bonbons, aber schon am Tag darauf endete sein Vorsatz damit, daß er Mutter wieder um Geld anbettelte. Ich erinnerte mich daran, wie er, der bisher nur englische Zigaretten und Zigarren geraucht hatte, nun seinen täglichen Verbrauch zumindest auf zwanzig Stück reduzierte, die billigen Zigaretten der Marke „Neues Leben" in der Mitte mit dem Messer durchschnitt und in eine Elfenbeinpfeife steckte. Und wie er angestrengt versuchte, die Zigarettenstummel so langsam wie möglich zu rauchen...

In dieser Nacht ging es mit Vaters Zustand auf und ab. Wir beobachteten ihn, wenn wir nicht gerade in einer einigermaßen bequemen Haltung eingeschlummert waren. Zwischendurch kam noch einmal die Nachtschwester auf ihrem Kontrollgang, aber es schien keine akute Verschlechterung einzutreten. Wenn es so weiterging, mußten wir auch die nächste Nacht wieder durchwachen. Da es ein Samstag war, hatte ich meinen Vorgesetzten anzurufen und um Urlaub zu bitten. Ich stellte mir vor, wie er reagieren würde, stellte mir meinen Arbeitsplatz vor, wenn Vater schließlich tot wäre und ich ein paar Tage frei nehmen müßte – passieren würde dort sowieso nichts... Starb ein Verwandter eines Angestellten, so wurden auf den Gängen in allen Etagen der Firma Zettel ausgehängt. Darauf stand eine mehrzeilige Bekanntmachung, die neben der formellen Beileidsbezeigung über die Termine der Trauerfeier Auskunft gab. Ich dachte an diesen Zettel, der in der Abteilung für allgemeine Angelegenheiten kopiert und an die anderen Büros verteilt werden würde, an die Gesichter der Kollegen, die im Vorbeigehen vom Tod des Vaters eines anderen erfahren würden. Manche wußten, daß mein Vater Offizier gewesen war, andere nicht. Und ihre festen Vorstellungen von einem sogenannten Berufssoldaten glaubte ich bis zum Überdruß zu kennen. Die kannte ich ja schon, seit ich zehn Jahre alt war. Sie mochten aber denken, was sie wollten, dieser keuchende Greis, dieses Wrack war mein Vater. Ein alter Mann mit seinem Unglück und seiner Einsamkeit... Selbst seine Feigheit und Gemeinheit wollte ich nicht leugnen.

Am frühen Morgen, als es vor dem Fenster schon dämmerte, begannen wir im Zimmer herumzulaufen. Hatte es etwa eine positive Wirkung gehabt, daß der berechnende Sohn seinen vor erst vier Monaten abgelegten Schwur, nicht mehr zu rauchen, einfach gebrochen und aufgegeben hatte? Zu unserer Überraschung hörte Vater plötzlich auf zu röcheln und riß seine Augen auf. Mutter bemerkte es als erste. „Oh, er hat die Augen aufgemacht..."

Ryoji und ich näherten uns dem Bett und starrten ihn an. Tatsächlich waren sie geöffnet. Nach dem heftigen Kampf des Vortages und der vergangenen Nacht war sein mit Bartstoppeln übersätes Gesicht einem Skelett noch ähnlicher geworden, aber es hatte einen Ausdruck, als fühlte er sich wohl wie nach einem Bad.

„Hörst du mich?" fragte ich, während ich auf ihn hinunterblickte. Mit dem Gummischlauch in der Nase sah er mich groß an und nickte. Seine Augen waren durch das Fieber getrübt und wirkten sanft. Ich merkte, daß Ryoji ihn von der Seite ansprechen wollte, und fragte Vater deshalb noch einmal dasselbe. Dabei nannte ich meinen Bruder unwillkürlich so, wie ich ihn nur als Kind gerufen hatte: „Hier ist der Große, hörst du?"

Und da nahm mein Bruder all seinen Mut zusammen, zögerte kurz und fing an zu reden, womit ich bei ihm nie gerechnet hätte. „Verstehst du uns?" Vater nickte wieder.

„Schau, Ryoji, er lacht", sagte Mutter, als wollte sie zwischen ihrem Mann und Ryoji vermitteln, der in dieser Situation ganz aufgeregt war. Natürlich konnte Vater nicht gut lachen, da ihm um den Mund Pflaster klebten, aber er schien wirklich kaum erkennbar zu lächeln.

Ich näherte mich Vater und rief ihm wie einem Tauben ins Ohr: „Die Spritzen haben gewirkt!" Da merkte ich, daß ich mit solchen Sprüchen, die sich so anhörten, als würde Vater bald aus dem Krankenhaus entlassen werden, mir selbst bis zuletzt etwas vormachte.

Vaters Zustand der Besserung, der bloß ein sicherer Vorbote des Todes war, versetzte uns trotzdem in große Erregung. Vielleicht war es sein Dank dafür, daß wir die ganze Nacht bei ihm gewacht hatten. Ryoji und ich ließen Mutter eine Weile mit ihm allein und gingen in die Stadt. Wir hatten beide mächtigen Hunger und machten uns auf die Suche nach irgend etwas Eßbarem. So früh am Morgen waren jedoch alle Geschäfte noch geschlossen. Deshalb liefen wir bis zum Bahnhof Ofuna, um dort Imbißpäckchen zu kaufen.

Die staubige Seitenstraße, die direkt zum Bahnhof führte, war noch nicht sehr belebt, vor den Wohnhäusern zirpten aber schon laut die Zikaden und kündigten wieder einen fürchterlich heißen Tag an. Wir führten unterwegs eine ganz alltägliche Unterhaltung. Unwillkürlich vermieden wir es beide, über Ryojis wortlose Versöhnung mit Vater zu reden, die bei dieser letzten Begegnung endlich stattgefunden hatte. Mein Bruder hatte sicher das Gefühl, etwas wiedererlangt zu haben.

Ich würde ihm bei Gelegenheit eine Geschichte erzählen können, die er nicht kannte: Auch als Ryoji kaum mehr in Kugenuma auftauchte, machte sich Vater nach wie vor insgeheim große Sorgen um ihn und seine Frau. Es war vor zehn Jahren an einem heißen Sommertag wie heute gewesen, da traf Vater, der damals Handkarren verkaufte, seinen Sohn zufällig in Shinjuku, einem Stadtteil von Tokyo. Seit vielen Jahren hatten sie sich nicht mehr gesehen. Da stand Ryoji, der nur Reklameanzeigen vermittelte und es genausowenig zu etwas zu bringen schien, mit verdrießlichem Gesicht in der sengenden Sonne. Er wollte nichts von sich erzählen, und bevor er sich wieder verabschiedete, lud er Vater zu einem kalten Getränk ein. Daheim erzählte Vater seiner Frau, ihm hätte es in dem Augenblick, als er seinen Sohn wiedersah, vor Freude die Brust zusammengeschnürt, so daß er fast umfiel. Ryoji dagegen ging seinem Vater auch nach diesem Treffen aus dem Weg . . .

Am Bahnhof angekommen, ging ich allein auf den Bahnsteig, während mein Bruder an der Sperre wartete. Ich erstand bei einem Kiosk für uns alle Roßmakrelen-Sushi. Als wir damit ins Krankenzimmer zurückkehrten, schlief Vater friedlich. Tamako war mit den Kindern gekommen, denen sie Sonntagskleidung angezogen hatte. Sie wischte gerade heftig den Boden des Zimmers und den Flur davor, damit der Jüngste, der Probleme mit den großen Pantoffeln hatte, barfuß herumlaufen konnte. Den Kleinen wurde klargemacht, daß sie leise sein mußten, und sie bekamen von Mutter ein süßes Getränk, womit sie sich auf den Boden setzten. Da die Kinder nicht tun konnten, was sie wollten, wurden sie bald müde. Etwas später trafen auch meine Schwägerin und ihr Sohn mit dem Zug ein, so daß es im Krankenzimmer schon wieder so lebhaft wie am Vorabend wurde. Fumiko packte eine weiße Unterhose für Vater aus, die sie in

Mutters Auftrag aus Fujisawa mitgebracht hatte, und überreichte sie verstohlen, als würde sie etwas Schlechtes tun ... Mit der Unterhose war nun vorläufig alles Notwendige beisammen. Vaters neuer Schlafanzug, den Mutter irgendwann umgenäht hatte, war schon vor ein paar Tagen ins Krankenhaus gebracht worden.

So begann der Morgen, aber es sollte noch viel zu tun geben an diesem geschäftigen Tag, wie wir schon lange keinen mehr erlebt hatten. Von unseren Ehefrauen abgelöst, fuhr ich mit Mutter und Ryoji im Wagen nach Kugenuma, wo wir gegen zehn Uhr ankamen. Mein Bruder legte sich in unserem Haus schlafen, aber Mutter konnte keine Ruhe finden. Als ich nach einiger Zeit aufwachte, waren im „Haus drüben" schon alle Türen verschlossen, und Mutter war fort. Ryoji und ich schliefen noch ungefähr bis vier, da riß uns das Telefon aus den Träumen. Es war Tamako. „Was treibt ihr denn! Ihr kommt doch viel zu spät! Oma ist auch böse!" brüllte sie, und ich wußte, daß das kein Scherz war.

Wir fuhren mit dem Auto wieder zurück, und als wir in das von der Nachmittagssonne durchflutete Krankenzimmer gestürzt kamen, lag Vater keuchend in den letzten Zügen. Mädchenhafte Lernschwestern gingen ein und aus, obwohl es nichts mehr zu tun gab und Vater vor Qual nur noch seinen Hals verdrehte. Auf seinem dunklen Gesicht und Genick waren schon deutlich Anzeichen des Todes zu sehen. „Herr Ino! Herr Ino...", rief eine Schwester verlegen und schüttelte Vater an der Schulter, als würde sie einen Gesunden aus dem Tiefschlaf wecken.

Da flehte auch meine Schwägerin verzweifelt und mit weinerlicher Stimme den Kranken an: „Opa... Ich würde dir so gerne helfen..." Sie, die vor ihrer Heirat mit Ryoji von dem alten Mann so sehr beschimpft worden war, weinte in diesem Augenblick als einzige um ihn.

Über die Sprechanlage riefen wir den jungen diensthabenden Arzt herbei. Als er nach langem Warten endlich kam, merkten wir, daß sich Vaters Fingerspitzen violett verfärbten und abkühlten. Sofort begann man mit der Mundbeatmung.

Der Arzt ordnete der Form wegen die Vorbereitung einer Kampferspritze an, legte Vaters Brust frei und hörte sie mit dem Stethoskop ab. Dabei sagte er rasch, an keinen Bestimmten von uns gewandt: „Halten Sie ihm die Hand..."

„Oma..., schnell, nimm seine Hand...", forderte Fumiko Mutter auf, die ganz abwesend war. Das veranlaßte auch mich, Vater plötzlich eine Hand auf seine kahle Stirn zu legen. Sie fühlte sich wie ein kalter Lehmklumpen an. Während ich wie besessen seinen Körper berührte, als ob ich die letzte Chance nicht verpassen wollte, kam ich mir recht schamlos vor. Und obwohl meine Hand von der Anspannung schweißgebadet war, ließ ich nicht los.

Da löste sich aus irgendeinem Grund der Gummischlauch von der Sauerstoffflasche, und das, was meinen Vater bisher am Leben gehalten hatte, strömte ungehindert aus. Eine junge, unerfahrene Schwester versuchte hastig, den Schlauch wieder an der Flasche zu befestigen, aber sie war zu aufgeregt, als daß es hätte gelingen können. Ich hatte große Lust, ihr den Schlauch aus der Hand zu reißen, aber das wäre gänzlich unangebracht gewesen.

Zuletzt stieg der Arzt mit einem Knie aufs Bett, beugte sich mit beiden Armen über Vaters zu einem Gerippe abgemagerte Brust und beatmete ihn. Das war jedoch nur noch eine Formalität, um seinen Tod festzustellen.

Ein paar Minuten später ging ich hinunter, um meine Frau anzurufen. Mutter hatte ihr befohlen, die quengelnden Kinder nach Hause zu bringen, und wahrscheinlich war sie inzwischen in Kugenuma angekommen.

„Ist es vorbei?" fragte sie, als sie den Hörer abnahm, noch bevor ich etwas sagen konnte. Ich teilte ihr die genaue Zeit des Todes mit. „Ja..." Tamako verstummte kurz, aber als ich meinte, wir würden nun alle zusammen mit dem Toten vom Krankenhaus heimkehren, faßte sie sich wieder und fragte: „Also, was soll ich jetzt tun?"

Wir fuhren mit dem kalt gewordenen Leib des Verstorbenen wieder in demselben Krankenwagen, über dieselben Straßen nach Hause an die Küste zurück. Mutter war mehr auf dem Posten als zu Lebzeiten ihres Mannes. Wahrscheinlich war sie sehr angespannt wegen der bevorstehenden Beerdigung im Nonnenkloster, die nun organisiert werden mußte. Abgesehen von den Zeichen der Erschöpfung, die die mehrmonatige Krankenpflege mit sich gebracht hatte, sah sie wirklich heiter aus. Das widersprach unseren Erwartungen, obwohl wir genauso erleichtert waren wie sie. Dazu noch verkündete sie allen Kondolenzbesuchern, die zur Totenwache kamen, solange Vater am Leben gewesen wäre, hätte sie keinen Tag Ruhe gehabt. Das Foto für den Traueraltar, das man in aller Eile hatte vergrößern lassen, zeigte ihn, wie er freundlich lächelte, und er tat mir richtig leid.

„Du warst rücksichtslos und hast immer nur das gemacht, was du wolltest, hast anderen Kummer und Sorgen bereitet, und jetzt bist du einfach weggestorben, ...du Egoist", murmelte sie vor Vater, der sich nun nicht mehr wehren konnte, wie eine Erziehungsberechtigte vor ihrem Schützling, dem sie aber großzügig das Vergangene verzieh. Sie wollte sich weder aufspielen noch trösten, es waren sicher ihre tatsächlichen Gefühle. Ich betrachtete ihre abgemagerte Gestalt in der Trauerkleidung. Wenn sie wirklich so fühlt, dann ist es gut, dachte ich. Als aber nach zwei Tagen Blumen in Vaters

Sarg gelegt und der Deckel verschlossen wurde, mußte sie doch weinen.

„Wiedersehn, Opa ..." Wie sie in ihrem Dialekt mit erstickter Stimme „Wiedersehn" sagte, war schwer zu ertragen. Was für ein unglückliches Leben, was für eine unglückliche Frau! Als mir das durch den Kopf ging, mußte ich unwillkürlich die Augen abwenden. Nicht einmal jetzt brachte Mutter es fertig, ihren Mann anders als „Opa" zu nennen, sicher, weil die ganze Familie versammelt war. Die beiden Kinder brüllten lautstark und wiederholt das ihnen Beigebrachte: „Opa, bye-bye! – Opa, tschüs!", als wollten sie Mutter vertreten, die nun schwieg und ihre Augen mit einem Taschentuch bedeckte.

Dieses „Wiedersehn" hatte ich schon einmal von Mutter gehört. Bestimmt erinnerte sie sich genau wie ich an die Sache mit ihrem armen Sohn vor über zehn Jahren ... Auch damals war es Sommer gewesen, Anfang Juli. Unser ältester Bruder war während eines schrecklichen Wolkenbruchs weggelaufen, und man fand ihn an einem glühend heißen Tag nach einer langen Regenperiode. Als nicht Identifizierbarer war er bei einem Tempel in den Bergen von Oiso begraben worden. Wir fuhren zu viert mit dem Taxi, um ihn abzuholen. Die Krawatte meines unglücklichen Vaters hing schief, und das Hemd war ihm aus der Hose gerutscht. Mutter, die ihre Trauerkleidung korrekt trug, nörgelte deshalb dauernd an ihm herum. Mein Bruder war schon drei Tage und Nächte unter der Erde gewesen. Er lag auf Stroh in einem billigen Sarg mit vielen Rissen und Astlöchern. Dreckige Strohhalme bedeckten auch sein weißes Gesicht, und wir mußten sie einzeln herunterlesen. Während wir den Sarg mit Blumen schmückten, stand Vater nur hinter uns und schaute unentwegt auf seinen Sohn hinunter. Wir beauftragten jemanden, den Toten in einem Anhänger nach Hiratsuka zu transportieren. Das war ausgerechnet an einem Samstag, am Vorabend des Sternenfestes, und in der Stadt ging es drunter und drüber. Es kostete Zeit und inständiges Bitten, bis wir im Rathaus die Genehmigung für die Feuerbestattung erhalten konnten. Im Krematorium mußten wir anschließend mehr als das übliche Trinkgeld geben. Beim Warten hörten wir ununterbrochen den Lärm vom Feuerwerk über der Stadt. Als wir dann an der Straße nach einem Taxi Ausschau hielten, begann es wieder heftig zu regnen... Hatte Mutter damals nicht auch vor Vater und uns „Wiedersehn, mein Junge..." gesagt? Ich erinnere mich jedoch noch heute daran, daß Mutter, seitdem sie ihren Sohn wiederfand, nie wieder geweint hatte.

Epilog

Kaum ist es richtig Sommer geworden, da geht der August schon wieder seinem Ende entgegen. Wenn ich mich frage, in welchem Sommer Vater gestorben ist, muß ich immer erst nachzählen. Das ist wohl der Beweis dafür, daß ich es allmählich vergesse. Etwa zwei Jahre lang nach seinem Tod kam es mir oft so vor, als könnte Vater jeden Augenblick einfach wieder zu Hause auftauchen, zurück von der aussichtslosen Arbeitssuche oder einem Klassentreffen mit den wenigen Überlebenden der geschlagenen Offiziere. Seine schweren Beine hinter sich herziehend, würde er Schritt für Schritt langsam den steilen Weg beim Tor heraufkommen und geräuschvoll die Schiebetür des „Hauses drüben" öffnen. Dann sein heiser gebrülltes „Heee!", womit er Mutter herbeirief . . . Manchmal wunderte ich mich darüber, diese Geräusche schon so lange nicht mehr gehört zu haben. Inzwischen fällt es mir jedoch immer erst hinterher ein, wenn Vaters Todestag war. Soll das heißen, daß ich nun endlich von allen Fesseln befreit bin?

Einen Monat nach der Beerdigung zog Ryoji mit seiner Familie zu Mutter ins Haus nebenan, und ich konnte Fumiko und ihm die Pflege der alten Frau überlassen. Dies hatte zur Folge, daß ich mich nun nicht mehr für sie verantwortlich fühlte. Es ist seltsam, aber ich scheine sogar allmählich zu vergessen, daß sie noch gesund ist und lebt. Das liegt vielleicht auch daran, daß sie durch Vaters Tod sozusagen arbeitslos wurde und – so sehr sie auch über ihn schimpft – ein kleines Stück ihrer Seele bestimmt von ihm mit ins Grab genommen worden ist. Deshalb scheint uns die alte Frau zwar noch bei vollem Verstand, aber doch irgendwie abwesend zu sein. Allerdings gibt es für sie nun eine neue Aufgabe: Sie muß sich um ihren dritten Enkel kümmern, dessen Geburt Vater nicht mehr erlebte. Auch dieser Kleine, der gerade erst laufen gelernt hat, läßt Vaters Tod für uns ohne Zweifel in weite Ferne rücken.

Heute sitzt Mutter wieder auf dem ausrangierten kaputten Stuhl im Garten und beobachtet ihren jüngsten Enkel, wie er im Sand spielt. Aus einiger Entfernung fällt mein Blick durch die Glastür auf diese Szene. Dabei kommt mir in den Sinn, *oh, der Stuhl ist gefährlich, den habe ich Tamako doch rauswerfen lassen, weil ihm ein Bein abgebrochen ist und er jeden Augenblick zusammenzufallen droht.* Aber dieses alte Möbel mit nur drei Beinen scheint zu genügen, um Mutters geschrumpften Körper auszuhalten, es rührt sich nicht. Bisher habe ich sie noch nie auf den Rücken nehmen oder tragen müssen. Ich will diese Frau nicht einmal jetzt anfassen, obwohl sie schon sehr alt und eigentlich geschlechtslos geworden ist. Wenn ich sie jedoch ihr Gewicht wie selbstverständlich dem kaputten Stuhl anvertrauen sehe, empfinde ich mit Trauer die Schwerelosigkeit ihres Körpers. Ihr Rumpf wirkt vollkommen hohl, als hätte man ihr die Eingeweide herausgenommen, wahrscheinlich weil sie etwas bucklig geworden ist. So sehr sie auch ihren Kimono hochbindet, sie kann ihre unförmige Figur darunter nicht verbergen.

Manchmal hockt Mutter auch unbewegt ihrem Enkel

gegenüber in der hellblauen Schaukel, die in einer Ecke des Gartens steht. Sie scheint dabei immer mehr in Gedanken zu versinken, und statt die Schaukel in Schwung zu setzen, läßt sie nur den Wind an sich vorbeistreichen. Über ihr bilden die Äste der Gartenbäume ein Dickicht, und ich beobachte verstohlen, wie sich sein grüner Schatten auf ihren weißen Haaren und eingefallenen Wangen flimmernd reflektiert. Sie starrt nur geistesabwesend vor sich hin, wie eine Siebzigjährige, die ein Recht darauf hat, senil zu sein. Dann wieder erschrecke ich über eine verblüffend erotische Handbewegung, wenn sie in ihre vom Wind gelösten Haare greift.

Es ist kein Wunder, daß jemand nach siebzig Jahren harten Lebens verkalkt. „Nun ja, ich habe schon einiges miterlebt...", pflegt Mutter zu sagen. Aber auch wenn in ihrem Leben viel passiert ist, sie scheint sich nun an keine einzige Begebenheit mehr richtig zu erinnern. Vergangenes wird für sie nie wieder so klar sichtbar wie die Einzelheiten auf alten Ansichtskarten von Ausstellungen. Während ihr Gedächtnis nachläßt, breitet sich in ihrem tiefsten Innern bloß eine vage Traurigkeit aus. Sie hat nur unbestimmte Erinnerungen, lau wie sonnenerwärmtes Wasser, als hätte sie all das vergessen, was sie vergessen wollte. Wie gut wird sie doch mit ihren Gefühlen fertig! Deshalb wirkt ihr trauriges Gesicht manchmal richtig schlau.

Es war vor einiger Zeit. Mutter hatte entdeckt, daß ihre beiden älteren Enkel über die Schaukel auf eine hohe Buche geklettert waren. Sie schrie laut, das sei gefährlich und sie sollten sofort herunterkommen. Dann kam sie zu Tamako und mir herüber – wir saßen am Fenster und tranken Tee –, und während sie mit uns sprach, erinnerte sie sich plötzlich an Vater.

„Auch der verstorbene Opa soll als kleiner Junge üble Streiche gespielt haben." Sie hatte uns als Zuhörer auserkoren und fing unvermittelt an zu reden, wie ein kaputtes Radio, das plötzlich wieder läuft. Dabei war sie so konzentriert, daß sie ihr wichtiges Vorhaben, die Enkel vom Baum herunterzuholen, vollkommen vergaß.

„Einmal hatte Opa mal wieder etwas Schlimmes angestellt. Sein Großvater, also der Vater des Urgroßvaters dieser Kinder dort, war böse und rannte hinter ihm her. Da sprang Opa barfuß in den Garten hinunter und kletterte auf einen hohen, hohen Kakibaum. Der Großvater, das war ein fruchtbarer Mann. Er holte eine sehr lange Bambusstange und versuchte damit, Opas Hinterteil zu treffen und ihn vom Baum herunterzuwerfen. Aber Opa kletterte immer weiter hinauf, bis in den Wipfel. Sein Großvater hörte nicht auf zu stochern, so daß Opa schließlich von ganz oben einfach heruntersprang. Er konnte zwar wieder entkommen, aber bei dem Sprung rissen von seiner gesamten Kleidung, von Jacke, Kimono und Unterhemd, jeweils ein Ärmel ab, und die blieben an den Ästen hängen..."

Natürlich hatte Mutter die Vorfälle in Vaters Flegeljahren nicht selbst miterlebt. Und als die beiden heirateten, war dieser schreckliche Großvater auch schon längst tot gewesen. Sie konnte sich nicht einmal mehr erinnern, von wem sie die Geschichte gehört hatte. Vielleicht hatte Vater sie ihr selbst in den Flitterwochen anvertraut. Mir kam es so vor, als würde diese alte Frau ihren verstorbenen Mann nun wie ein kleines Kind, ja sogar wie einen Enkel betrachten. Und Vater, der dem Familienleben eigentlich immer ausgewichen war, hatte in seinen letzten Tagen ständig wie ein Kind nach Mutter gerufen. Vom Tod in die Enge getrieben, war er damals wieder in seine Kindheit vor siebzig Jahren zurückgekehrt und vor den Augen seiner alten Ehefrau noch einmal vom Wipfel des „hohen, hohen Kakibaums" heruntergesprungen.

Aus dem Gebüsch in der Ecke des verwilderten Gartens schaut ein kraushaariger Kinderkopf hervor. Nach einer Weile ist auch die von einem Lätzchen bedeckte Brust zu sehen. Dort, wo das hohe Sommergras ungehindert wachsen kann, verschwindet die Gestalt wieder. Bald kommt das Kind in seinen nagelneuen weißen Schuhen aus dem Gras herausgestolpert, um sich im nächstbesten Schatten wieder zu verstecken. Ich sehe, wie Mutter langsam hinter ihm herläuft.